U0120660

“极光”世界华文散文丛书

袁勇麟 主编

把春天卷起来

〔马来西亚〕朵拉 著

海峡出版发行集团 | 海峡文艺出版社

图书在版编目(CIP)数据

把春天卷起来/(马来)朵拉著. 一福州:海峡文艺出版社,2023.12
(“极光”世界华文散文丛书/袁勇麟主编)
ISBN 978-7-5550-3505-3

Ⅰ.①把… Ⅱ.①朵… Ⅲ.①散文集一马来西亚一现代 Ⅳ.①I338.65

中国国家版本馆 CIP 数据核字(2023)第 201813 号

把春天卷起来

[马来西亚]朵 拉 著

出 版 人	林 滨
责任编辑	张琳琳
助理编辑	陈雨含
出版发行	海峡文艺出版社
经　　销	福建新华发行(集团)有限责任公司
社　　址	福州市东水路 76 号 14 层
发 行 部	0591—87536797
印　　刷	福建新华联合印务集团有限公司
厂　　址	福州市晋安区福兴大道 42 号
开　　本	889 毫米×1194 毫米 1/32
字　　数	157 千字
印　　张	11.125
版　　次	2023 年 12 月第 1 版
印　　次	2023 年 12 月第 1 次印刷
书　　号	ISBN 978-7-5550-3505-3
定　　价	68.00 元

如发现印装质量问题,请寄承印厂调换

总　序

中国是个有着悠久散文传统的国度。作为一个文类，散文在中国文学中占有不可替代的位置。20世纪以来，尤其是第二次世界大战结束以后，欧美传统散文日趋衰落，难以为继，而当代华文散文却长盛不衰。无论是在中国大陆、台港澳，还是在海外，华文散文的创作都非常壮观，形成多元发展、共生互补的繁荣鼎盛的整体格局，堪称世界文学中一个独特的人文景观。

中国大陆、台港澳以及海外的华文散文，同属于中国文学的延伸。当代华文散文的发展，离不开历史悠久、传统深厚、成果丰硕的古代散文和日新月异、生动活泼、异彩纷呈的现代散文的滋养。正是在共同的民族文化精神和文学传统的基础上，不同区域的华文散文相互融合，博采众长，创造了在世界文学中一枝独秀的非凡业绩。

中国人移居海外已有悠久的历史，足迹遍布地球的每一个角落。他们不仅带去了中华民族的物质文明，也把灿烂辉煌的中华文化传播到世界各地。华文散文创作，也令人大有“天涯何处无芳草”之感，构成了世界华文文学中一道非常壮观的风景线。潘旭澜教授认为：“在世界各地的华人中，散文一向受到充分重视。有很多文化人，将散文作为主要的艺术追求乃至毕生事业。不少学者、诗人、小说家、戏剧家，在各自的领域可以有更大作为之时，也将大量心血与灵性付诸散文。散文作者中，不少人学贯中西，有很高文化涵养，富有创造力。”“社会、政治、经济、文化、教育、宗教、地理、风习的不同，文学的历程和处境各殊，造成了散文的丰富斑斓、情调迥异。”华文散文是在中国文学的母体中孕育诞生的，同时又是在不同的社会背景、生活环境、文学土壤中发育成长的，这就使得它们既具有与中国文学一脉相承的血缘关系，相同或相近的语言形态，隐含在语言之中的民族性格、心理、情感、思维方式，以及浮现于语言之上的道德规范、价值取向、人格理想、生活态度、审美观照，又呈现出与中国文学迥然不同的多姿多彩的独特风貌。

我与华文散文的渊源从何时结下的，连我自己都说不清楚。有时一个人凝视着满橱满架的华文书籍，有一种莫名的安定和亲近，好像感觉到如散文家钟怡雯所说的“与书神游”的状态：“我通过文字开启深邃宽广的知识世界，同时释放囚在坛子里的书魂。”我能感受到藏在这些华文书籍中的魂魄精灵，那些浮游的心灵，孤独或者喧闹，平静或者焦虑，近在咫尺的呢喃低语，嘈嘈切切的此起彼伏，有种温暖和充实的满足。尤其是散文那种突显自由心性、传达主观体验的文类特征和从容自如、潇洒流利的文体特点，深深吸引着我。也许是缘于对个体精神和生命体验真实态度的偏爱，我逐渐将目光关注到华文散文上。当代世界华文散文有着显卓的成就，前有古人，后有来者，这条文学之途从未荒芜过，因为文人朝圣的心灵未曾干涸，正是这份心灵，一直以来感动着我，在最柔软的心房。

“海外”是一种状态，一种生存状态、生命状态和写作状态。世界各地都有华人的身影，他们有早期因灾荒战乱而离乡背井的艰难探索者，也有后来因求学交流而远涉重洋的孤零漂泊者。他们的故事或许不同，如一曲高低错落的多声部混杂交响乐章，但这其中一定有着一个主旋律，那就是身为华人的烙印——这个深入骨髓的印痕，总在异国他乡落叶纷飞、黄昏幕帐徐徐落下的时候，引发灵魂深处的悸动，于是他们用文字缓缓书写“人类的精神家园”（曾心）。我很难形容那是一种怎样的刻骨铭心，也许真的如彦火说的是以血代墨，“文学家所走的路，是殷红色，不是铺满蔷薇，而是像蔷薇一样的鲜灿的血——那是文学家淌血的路”。我只是在阅读的时候，在与那些文字相遇的时刻，感受到自己心灵深处的撞击，一声声，敲打着我，让我不由自主地走进这片迷园，聆听那番心声。

感谢海峡文艺出版社林滨社长邀请我主编“极光”世界华文散文丛书。华文散文因为它特殊的身份而具有某种程度上的疏离，于是也具有了更自由更任性的文学言说，它是在灵魂深处“与宇宙对话”（林湄），“可以让自己自由自在地飞翔”（朵拉），因此，“造就了独特的张力和自由思考的空间”（陈瑞琳）。正是这种言说，为我们提供了另一种风景，这道风景，永远具有独具一格的文学魅力，在人类的精神天宇之极烁烁闪光。

袁勇麟

2023年10月19日于福州

目　　录

第一辑　人间有味

第二辑　犹有余韵

第一辑　人间有味

炸香蕉的味道

下午茶时间，一边吃着香甜的炸香蕉，一边看手机上政治人物在发表有关种族的言论。

我揣测我小时候吃过的第一样零食是炸香蕉。如果不是，那么它就是我记忆中第一个有关美味食物的存档印象。

这想法是根据“普鲁斯特效应”说的。

早年也吃过洋人的玛德莲小蛋糕，却是到中年以后，同桌喝下午茶的作家说，读过《追忆似水年华》以后，“每一次吃玛德莲小蛋糕，都会情不自禁要把它浸泡在红茶里，然后一口气吃下，”不只是因为作者马塞尔·普鲁斯特童年时，曾经吃过用红茶浸泡的糕点，而且是因为普鲁斯特“往后便在这样吃小蛋糕时，清晰地回忆起儿时住过的家，家附近的小路和小镇的样子”。

那天下午茶过后，玛德莲小蛋糕便有了不一样的意义。

作家大部分都是多情人，虽然更多时候是自作多情。普鲁斯特应该也不晓得读者会在吃小蛋糕时候想起他。然而，作家读者遇到喜欢的作家，总要刻意，也可能并不经意地去模仿他。因为书中描绘的一个画面的触动，读者的神经变得敏感起来，有些东西从此存在不同的价值。

闻到一种气味，联想到已经过去很久，几乎忘记了的一个场景，一段往事，这被称为“普鲁斯特效应”。我是在吃炸香蕉的时候，突然被那甜蜜的香气，带回到我的童年时代，唤醒我同住家后门那一户马来同胞的亲切友爱感情，深深体会到果然“味道是一把神奇钥匙，能够打开时光之门”。

没有肤色之分，没有种族之别，平日时常互赠食物，谁煮了一锅咖喱鸡加荷兰薯，就会盛一碗过来，谁蒸了一笼鸡蛋糕，就要分几个放在盘里拿过去。他们到我们家时，大家一起喝咖啡配苏打饼干；我们到他们家聊天，也像自家人一样，热红茶加糖配刚刚从油锅里捞起来的炸香蕉。

几乎每一天，我们都会互通有无。没有人在旁边喊叫，喂，华人吃猪肉呀！华人的盘碗装过猪排骨，华人的锅铲炒过猪颈肉的呢！我们之间的感情是亲人样的友好。出来浇花遇到时会互相关心：今天吃过饭了吗？我有新的花种，你要不要也种一棵？篱笆旁边一整排花树，在四季不分明的热带，常年灿烂亮丽地盛放。

小时候不懂事，只因为爱吃炸香蕉，便时时往后院去，掀开门帘，穿着短上衣长纱笼[①]的两个姐姐总在厨房忙碌。“来啦，快坐下，香蕉马上炸好了。”灶里的柴火烧得旺旺的，有股甜味经锅里的热油飘来荡去，我毫不客气地坐下，没有餐桌餐椅，厨房地上铺张草席，就在那儿等待美味的炸香蕉。一条条香蕉去皮后，剖成两半，先裹一层面粉糊，再放进烧热的油锅里，不需要太长时间，香味马上四溢。装在盘里的

① 纱笼：一种服装，类似筒裙，由一块长方形的布系于腰间，是马来人的传统服饰。

金黄色香蕉，入口酥脆的是外皮，内里的香蕉软糯细嫩，感觉比生吃的香蕉还要更甜。

炸香蕉是南洋人最常见的小食。大街小巷的路边、夜市或小贩中心，随时随地很容易就遇见炸香蕉的档口。白花花阳光下，那袅袅上升的油烟里隐藏着一股热烈的甜蜜，总有很多人充满耐心排着长队，爱吃的人不在乎排在队伍后边，数着前边的人，还有十五个，七个，五个，三个，终于轮到我了。

甜蜜的香气在车里回绕，实在没法忍到家，还在路上，坐在车里，先吃一个吧。

坐在地上吃，走在路边吃，边开车边吃，入口都是美味的炸香蕉，是平常百姓吃的寻常小食，不用奢侈花大钱，从中得到的快乐和愉悦很实在。

我也曾经吃过豪华的炸香蕉，是那年为帮忙印尼棉兰华文作协筹备国际文学节，受邀到棉兰。

棉兰华人平时忙碌，但有朋友来访，节奏变得缓慢悠闲，观光的友人因此感觉到日子的从容自在。放下手上工作的友人载我们上峇达山观光，山路蜿蜒崎岖，车速无法加快，半路到印尼餐厅午餐，朋友道歉说周遭没中餐厅。午餐后再行车，路两旁一片深青浅绿，原以为是森林大树，朋友说明这全是棕榈园，油棕是印尼的经济命脉之一。

抵达山上已是下午。车子直接停在山里著名的老酒店，朋友熟门熟路领我们到餐厅，推开门，叫我们坐在花园旁的餐桌。姹紫嫣红的各类鲜花绽开在触手可及的地方。阴凉的气候和充足的雨水让山上的花儿比平原的要更大些，清雅的花香味正幽幽绽放。我平日极少和花儿同高度喝下午茶，真是新奇的体验呀！

同车来的女友抬头，“啊”的一声，我也吃惊地跟着她的视线看去。

远远的山头有烟霾不断上涌，纵然不见火光，却感觉到那座山正在耸动。惶恐不安的情绪随着上升的烟袅袅绕进心里，我问朋友，那是火山吗？

“是呀，锡纳朋火山。”朋友一副不在意的微笑。印尼最活跃的火山之一。听的人目瞪口呆，不由怯生生问一句："你们不怕吗？"

下午茶是热腾腾的印尼咖啡和香喷喷的炸香蕉。对着印尼苏门答腊最活跃的火山不断喷烟的壮景，我在峇达山最出名的大酒店餐厅，吃着前所未有最豪华的炸香蕉。为此我还写了一篇《火山下午茶》作为纪念。很难忘记那天给我们捧来炸香蕉和黑咖啡的侍者，一直笑眯眯地，丝毫不受冒烟火山的影响。

这才知道火山的爆发固然带来灾难，却也同时带来各种矿产资源。火山灰的沉积，可形成肥沃的土壤，农作物因此茁壮。

别人看炸香蕉，不过是平常小食，但从童年到今天，光阴荏苒，日月如梭，前院的我们跟后院的马来友族，都跟着流转更迭的岁月变迁，搬移到不同地方，而那热气腾腾的又甜又香味道，始终亦步亦趋，如影随形，不离不弃。

在听闻政治人物发表种族分歧言论的新闻时，从炸香蕉的香气里，我闻到的是"下一届的选举就快到了"，怀念的是那些不分彼此和谐共处的岁月。

粽子节

粽子很好吃，大家都知道，不过，要包好吃的粽子，其中的烦琐细节，相信很多不下厨的人并不了解。现代人吃粽子很方便，随时随地可买到，无须待五月初五端午节，也没法想象从前只有一年一度端午节，才有机会见粽子踪影。那年代家家户户实践“凡事自己动手”。

喜欢烹饪的妈妈平时常做小点心，中式糕饼，娘惹式糕点[①]，甚至西式蛋糕，每星期有一两天炖煮红豆桂圆、糯米红枣、绿豆莲子等甜汤给孩子解馋，粽子“工程”仅在端午节前一天才开始启动。

南洋粽子种类不少：个头小小的枧水粽，

① 娘惹式糕点：娘惹一般指峇峇娘惹，即古代中国移民和东南亚土著马来人所生后代，男性为峇峇，女性为娘惹。娘惹糕系东南亚的一道美食。

吃的时候配搭加少许盐的黑糖椰浆，一次吃三四个不油不腻，又香又甜；另外比较南洋口味的娘惹粽，极少人会做，妈妈最拿手。亦是糯米为主，浸泡时添加院子采来的蓝色花（蝶豆花），还有南洋香草叶（斑斓叶），炒米时加入椰浆，内馅为搭配热带香料的绿豆、红豆和冬瓜糖（从中国进口，外层包裹着糖粉的干冬瓜条），是素的。如爱吃荤，除上述材料，再添猪肉碎或虾米，加上三巴酱[①]。南洋华人食物倾向重口味，香甜辣混合一起，煮好捞上来，粽叶一打开，油亮亮的三角形蓝色饭团，浓郁的椰浆香气袅娜在空气中，色和香在挑动味蕾。

一般华人做的粽子，多以猪肉为馅。

包猪肉粽子说是在端午节前一天，可准备时间起码三五天。单是材料就分四个部分：一是糯米，将糯米洗净后泡水，五小时后滤干，加入适量细盐、五香粉和黑酱油拌好待炒。二是猪肉，一定要选带油的三层肉，洗净、去皮、切块，加入适量五香粉、胡椒粉、细盐、细砂

① 三巴酱：马来西亚语，一种南洋辣椒酱。

糖及黑酱油，拌匀后放入冰箱腌浸至少四小时。三是虾米和香菇，将它们分别洗净，分开浸泡，虾米浸五分钟后滤干，香菇泡一个小时至软，洗净加入适量细盐、胡椒粉和黑酱油。四为其他材料（可加可不加，加了味道层次感更丰富，也更美味）：咸蛋黄切半、小葱头切片，油炸至酥脆待用。干栗子以热水泡软（大约四个小时），仔细把栗子外表面皱褶里的褐色薄膜去除，不然有涩味。这个要很有耐性，用牙签慢慢一点一点剔掉，再重新用清水冲洗。挑选这些粽子内馅的主角和配角，还挺费工夫和心思，其他还有添加红豆、绿豆或者腊肠、烧肉、鸡肉等，看个人口味。喜欢辣的槟城人还包咖喱鸡粽子，有点像吃糯米饭配咖喱鸡，但味道更入味。更爱辣的还有印尼华人，一回在棉兰过粽子节，印尼朋友带来猪肉粽，我打开一看，一条青色小辣椒静静睡在糯米上面。我用手把小辣椒轻轻挑下来放在盘子里，印尼朋友却一口把小辣椒咬在口里细细咀嚼，表情竟是一副陶醉的享受模样，我并没有看见我以为会掉下来的眼泪。

太辣会叫人掉泪的呀。

粽子还是原来那个粽子，只不过，去到不同地方，让当地文化一熏陶，就改了不同面貌，也许应该说是化了当地的特色妆容，再出来亮相。

包粽子的叶子和绳子也有讲究。粽绳非要源自植物不可，妈妈坚持不用塑料绳，不必说到有毒物质那么远，单是煮粽子时发出的一股塑胶味已令人难受。市场售卖的却还有照样用塑料绳的，贪图方便，通常懂得吃、品味高的食客，一看见便走开。因为植物材质粽绳亦自有香味。

南洋人的粽叶，一般用竹叶，竹叶的特殊清香能增添粽子香气。麻烦的是要提早两天买回来，先冲洗，烫过热水，再泡进干净水里，用干净的布一片一片擦洗，整理时顺便把破损的叶子挑掉，滤干前先剪掉粽叶的叶头。这些琐细工作一般是由不会包粽子的孩子包办。

担当大厨的妈妈，在初四清晨天蒙蒙亮时就起身 。前一晚已把栗子煮好，并将虾米、香菇、三层肉都分别炒好，放冰箱备用。妈妈起来开火、热锅、倒油、炒香昨夜拌匀调味料的糯米至半熟。

这时候，厨房开始飘浮着一年一度才有机会闻到的粽子味道。

这时候，我们便知道，粽子节到了。

中国朋友告诉我："我们叫端午节，也有称端阳节、重五节、重午节等。当然，也有和你们一样叫粽子节的。"原来端午节在中国的叫法足足有二十多个。

粽子节的最早记录在晋人周处的《风土记》："仲夏端午，烹鹜角黍。"黍是中国古代五谷之一，五月夏至正好新黍出，就以菰叶裹黍米，煮至烂熟，在夏至节时，用来祭"地示物魃"（百物之神）。"角黍"就是粽子的原型。我们在海外叫粽子节还是没错的。

海外华人根据特色食物称呼的节日，还有八月十五"月饼节"，冬至"汤圆节"等。不能怪南洋华人没文化，已来到第三代第四代的华人，对于悠久的传统文化认识越来越浮于表面，然而，我们仍努力传承，尽力推广。中国朋友听到"包粽子比赛”时，表情先是惊愕，然后似笑非笑。

五月初五南洋华人社团举办“包粽子比赛”，冬至我们还有“搓汤圆比赛”。为了让下一代勿忘中华文化，我们从勿忘中华节日开始，同时给小孩讲端午节故事。

五月初五吃粽子、赛龙舟，是纪念战国时期的诗人屈原。爱国诗人屈原听到自己的国家被攻破，悲愤伤心，写下绝笔作品《怀沙》，抱石投入汨罗江，以身殉国。人民百姓划舟打捞，遍寻不着。后来人们包粽子投入江中，防止鱼虾蚕食屈原的身体，习俗绵延至今。因为屈原，“端午节”也称“诗人节”。

从前端午是毒日、恶日，因夏季气候炎热，容易生病，瘟疫流行，为辟邪和驱毒，家家户户在大门口挂菖蒲，挂艾叶，祈求平安吉祥，也有人把这一天定为传统的医药卫生节。

2020 年新冠肺炎来袭，疫情期间每天禁足在家，已经一年过去。2021 年新冠疫苗带来新的希望，人人一致盼愿五月初五吃过粽子，疫情宣告结束。

咖啡传奇

有一种饮料，闻起来比真正喝下去还要香的，就叫咖啡。难怪我有朋友叫了咖啡，一口也不喝，说是为了闻香而来。

有人说这味的感觉竟比不上嗅的感觉，简直就是灵感和意象的象征。文学圈也流行一种说法："诗人没有咖啡写不出好诗。"同行嘲讥这是写不出文章的借口，还接下去撇嘴蔑视："有人要红酒，有人要抽烟，还有人要咖啡呢！"说了就笑"真正的诗人不会这样"。不会写诗的人，静静地听，俗气地想：可惜不管多好的诗也不过就那一丁点稿费，不然倒可以用这金句来当咖啡广告，让咖啡更增添文学效果和诗意，也将咖啡的身份地位提得更高。众所周知，广告不必真实，让人相信了，愿意掏腰包花钱购买，便是成功。

动听悦耳的咖啡广告词有很多。“再忙，也要和你喝杯咖啡。”“点滴皆是爱，温馨到永远！”“爱在唇齿间旅行。”“用一杯咖啡的时间来想你。”“爱上你，爱上生活的味道 。”“记得爱，记得时光，记得咖啡。”“喝出来的是感情，品出来的是人生。”“好东西要跟好朋友分享。”“给新的生活带来新的口味。”“品位生活，从这里开始。”“我的咖啡，随心配。”“越煮越浓的亲情。”“我的咖啡，自己的味道。”“它的苦，更甜美！”叫人眼花缭乱的广告词语，多不胜数，最后看见排行榜的冠军是“味道好极了”！

繁复固然有重叠层次的丰富美，但“简单才最美”还是王道。“味道好极了”一清二楚没有包装纸，不需要添加任何美容术语去装饰。比较起来，其他句子亦叫人钟情，却缺乏一针见血的直指人心。文人最爱的咖啡广告，是为一个著名诗人写的，那名话说的是维也纳诗人彼得·艾腾贝格：“当艾腾贝格不在咖啡馆，那他必定是在去咖啡馆的路上。”后来就有人延伸为“我不在家，就在咖啡馆；不在咖啡馆，就是在往咖啡馆的路上”。

说得诗人彼得·艾腾贝格仿佛是天天、日夜、时刻无咖啡和非去咖啡馆不欢一样。倘若你读过他的《咖啡馆的诗歌》，肯定相信他对咖啡馆情深似海。“你忧心忡忡，这也不顺心，那也不如意，就去咖啡馆吧！/如果她不能履约前来，无论理由多么充分，去咖啡馆吧！/你的靴子穿坏了没钱买新的，去咖啡馆吧！/生活入不敷出？钱不够用，去咖啡馆吧。/你一身俭朴，从不犒赏自己，去咖啡馆吧！/你身为小公务员，却奢想成为一个医生，去咖啡馆吧！/你找不到理想中的女朋友，去咖啡馆吧！/你嫉恨和蔑视所有的人，却又离不开他们，去咖啡馆吧！/失去了对所有人的信任，去咖啡馆吧！/觉得活着没有意思？去咖啡馆吧。”

这首诗里有心事，有问题，有沮丧，有懊恼，有怨恨，解决方案朝向同一个地点，“去咖啡馆吧”。全诗非常纯粹地只含一个意思：“生活中尽管时常遇到各种各样的烦恼，去了咖啡馆以后，问题再也不成问题。”有人读过这首亲切从容的咖啡馆之诗以后，死心塌地爱上咖啡和咖啡馆。

在彼得·艾腾贝格笔下万事淡定可爱的维也纳咖啡馆，早就被联合国教科文组织列为非物质文化遗产。欧洲两大著名的咖啡馆文化是在维也纳和巴黎左岸的拉丁区。在维也纳老城区国家歌剧院附近有家沙榭尔咖啡馆，作家斯蒂芬·茨威格就曾在这里听德彪西、施特劳斯的音乐，阅读保罗·瓦雷里的文字（我喜欢的“纵有疾风起，人生不言弃”还有“聪明女子是这样一种女性：和她在一起时，你想要多蠢就能多蠢”即源自他）。喜欢阅读文学作品的读者，几乎都读过斯蒂芬·茨威格的小说《一个陌生女子的来信》，据说他就是这样坐在咖啡馆里阅读听音乐写出来的。他著名的作品还有《滨海之宅》《同情的罪》等。

位于巴黎左岸的双叟咖啡馆和花神咖啡馆出名的不只咖啡，还有光顾咖啡馆的人。他们是超现实主义诗人阿波利奈尔，西蒙娜·德·波伏娃和萨特，海明威、加缪和毕加索等，著名的影星阿兰·德龙、简·芳达、碧姬·芭铎等亦在这里喝咖啡。这两家咖啡馆因此被称为“星光熠熠咖啡馆”。和其他咖啡馆大不同的是，双叟咖啡馆自1933年开始，每年向法国小说界颁发双叟文学奖。弗雷德里克·贝格伯德于1994年设立花神文学奖，每年在花神咖啡馆内颁奖。我的画家朋友到巴黎时，带着预先写好我的地址的信封去，一到巴黎就马上给我来信，说坐在咖啡馆里“叹”咖啡比站在外头喝价格要贵些。起初他为了省钱，一边站在咖啡馆外喝，一边看巴黎路上的行人，“都是俊男美女呀！”他打算“流浪在巴黎”一个月。后来，他用他的画，换了咖啡，还换了餐点。这信中所说的一切，叫人惊叹的不是左岸咖啡的价钱昂贵，而是在巴黎真的可以用图画换吃换喝。难怪艺术家都把巴黎当麦加，非去朝圣不可。

沉迷台湾书籍的中学时代便听过“明星咖啡馆”之名。画家郎静山、陈景容等，作家柏杨、罗门、管管、三毛等都是当年的常客。创办《现代文学》的白先勇、陈若曦和王文兴定期在这咖啡馆开会研讨如何办好刊物，后来陈映真、黄春明、七等生的《文学季刊》也把这儿当流动编辑部。“云门舞集”的创办人原是作家林怀民，年轻时在这里写文章，曾经发表我的文章的台湾《中国时报》《人间副刊》主编季季也是在“明星”边喝咖啡边写作。

“明星咖啡馆”出名的不只是咖啡、蛋糕和云集的艺术家。诗人周梦蝶本来是流浪式到处摆摊，有一回到“明星”骑楼摆书摊，“（明星咖啡馆的）简太太看到我，拿了块蛋糕请我吃，对我非常友善！”一块蛋糕叫爱吃甜的诗人从此定点开档，在骑楼下的书摊摆了二十一年。一次我去的时候，诗人不在，后来再去，诗人走了。本来想至少买几本书，就算看不懂诗，也可以闻闻书页上我喜欢的咖啡香味。

后来才知道这咖啡馆是“台湾现代文学的摇篮”。有篇文章说陈若曦曾经提起：“那时黄春明刚从乡下进城，穷得很，一杯十五元台币的咖啡，从早泡到晚，他的短篇小说《锣》和《儿子的大玩偶》都在这儿完稿。”

“明星咖啡馆”有无成就电影明星没加注意，倒是成就了不少艺术家。

更早之前读香港作家的文章，说是在咖啡馆写专栏。香港曾经是专栏超级发达地区，许多作家靠专栏为生，一个人同时写三五个专栏似乎得心应手。全球人都晓得香港房价之昂，小小的公寓一般普通市民亦难以承担，住处的狭窄迫仄，逼使作家到咖啡馆寻找喘息空间。看着羡慕得很，有时家里相处不愉快，便起心动念，幻想要到咖啡馆去写作。

后来到香港观光，看见香港咖啡馆的面貌，大大吃惊作家在那样的环境下能够创作。桌椅排得紧密，转身也嫌困难，狭窄的程度叫人走进去便想赶快减肥。又总有人在等待空座，你一喝完，侍者分秒必争地借机过来擦桌子收杯盘，提醒你快走为好，连喝杯咖啡都闲情不足，怎么静心作文？比较之下，写作要求要有书房，要幽静，要好茶，要音乐，特意制造一种所谓创作的氛围，可是，氛围有了，文章是否出色又是另一回事。刻苦耐劳的香港作家为文学付出的精神，我们要行礼致敬。

香港人的喝咖啡习惯和槟城人相似，都爱叫一杯咖啡配烤面包。咖啡和面包的配搭非常永恒，一如维也纳和巴黎的咖啡配蛋糕。咖啡香味浓郁的维也纳，当地人分析他们的咖啡馆情怀：“去咖啡馆的人就是那些喜爱寂寞又不愿孤独的人，想要独自待着，却又希望周围有不相干的人陪伴。”在人群中寻找静谧这种事在满城咖啡香的槟城似乎并不可能。走在槟岛老城区，每条路上都有咖啡馆。槟城人本来就爱喝咖啡，再加上当年英国人在马来亚独立以后，留下了他们的下午茶习惯。南洋人爱咖啡多过西洋红茶，每天下午呼朋唤友说“去下午茶啦”，大家叫来的却都是咖啡。以咖啡粉冲泡的南洋咖啡，和新式的西洋磨豆子咖啡是同胞生，拿上桌时样貌和味道却不相同。

为了辨别，我们叫南洋咖啡“老咖啡”。爱老咖啡的却不全是老人。老人喝的已经不叫咖啡，叫感情。槟岛老街有间老店叫广泰来，不仅以美味的咖啡出名，当年槟城首富骆文秀每天都要来这里喝一杯也成诱人的广告。我二十年后重返槟城时听说了，想去沾沾首富的福气，路过三次，才终于鼓起勇气走进去。主要是自己照镜子不知道自己老。车子经过看进去，都是老人，而且是老男人。后来再探听，原来这咖啡店号称“老男人俱乐部”。幸运的是我第四次路过时，望进店里，有个女人杂在无数个男人中间，我赶紧到前边泊车，和同车的年轻小友走过去，以为我们成为店里的第二和第三个女顾客。谁知来过以后再来，发现女顾客多得是，尚且不计年龄。时时有洋人游客为寻访当年英国人喜欢的老咖啡，特意摸过来品尝祖先的口味。

坐在咖啡店里聊天，那些人骂政府比喝咖啡还努力，骂了好久，才喝一口咖啡，不是为解渴，反正就一副不想立刻离开，打算要久坐的样子。老店还有华文报纸、英文报纸和杂志，有空的人可以边喝边看闲书。播放的歌曲以英文老歌为主，后来才晓得是因受英文教育的老板爱听老歌。

自从槟城申遗成功，外国人纷纷收购老屋，许多租老屋开店的老板感叹，要是店租继续高涨，生意可能做不下去。到后来我们已经不是为了自己喝咖啡，而是到处介绍给好多朋友，提醒他们“要喝老咖啡，要请快点来”。

一回朋友告诉我，三月某一天她去喝咖啡吃烤面包，老板只收烤面包的钱。原来有个长期光顾的老顾客生日，为庆祝自己的诞辰，她替当天所有到来的咖啡爱好者买单。到底老顾客爱的是咖啡的香味还是咖啡馆的气息呢？我们也分不清。我们知道的是，咖啡香味氤氲的老店弥漫着许多传奇故事，这也不过是其中一桩罢了。传奇的还有只闻香不喝咖啡的朋友，他说咖啡像爱情，有的爱情，遥望远观就好，不一定要真正拥有。

请客吃饭

在这个大部分人吃饱已不是问题的时代，请客人来吃饭并非易事。尽管上桌的不乏山珍海味名贵菜肴，亦很难打动受邀者的心，今时今日，比饭钱更昂贵的是时间。所以宁愿在家简单一餐，也不想花时费神盛装打扮，舟车劳顿去吃一餐至少三个小时才吃得完的饭。

听到有饭局，多数来客看的是主人的情面。家里明明有饭吃，却去吃你的饭，很给你面子，中国人就叫“赏脸”。客人出席率的高低，往往是由主人平时待人处世的态度决定，要不然就视主人家够财雄势大与否。

印尼棉兰华人举行婚宴，跟所有主人的心态一致，最担心无人列席；跟大家略略不同的是，主人会先去探听：餐馆是否设后门？答案若是有，便低声下气向餐馆要求，婚宴开始即把后门上锁，待结束后，再把“不让吃到一半想偷偷溜走的客人回家”的锁头打开。能怪主人用心良苦吗？且替主人设想一下，为一场宴会，花时间金钱费精神工夫精心策划，宴开一百席，可容纳千人的场地，万一来人才五百，场面冷冷清清，叫摆酒的主人面子要往哪里摆？

所以就有那不只腰缠万贯，还财大势强的主人，除邀请客人来吃饭，另外更花大笔钱财，从台湾邀来棉兰人最喜欢，每天定时追看的闽南语电视连续剧《娘家》的男女主角，远渡重洋过来上台演唱。参加婚宴堪比观赏演唱会，节目丰富精彩。如此这般花费心思和金钱，请不来宾客，留不住客人，吸引力尚嫌不足的话，还有“超级劲秋[1]”的殷勤安排。宴会里精致丰盛的菜肴，绝妙出色的节目之外，那些留下来一直吃到终场，纵然餐馆有后门无上锁也没有“半途而废”的耐心客人，将自动具有参加抽奖游戏的资格。奖品可不是什么外头包着七彩玻

① 劲秋：粤语，指水平高、好。

璃纸，里边不过一般吃喝的罐头零食等等的普通礼篮，而是你意料不到，叫你惊喜交集的名牌智能手机、电视，还有其他家庭或个人适用的电器等等。客人出席婚宴，不只肚子满载而归，手上也满载而归。

有幸见识过如此充满诚意，人人从头到尾都感觉极其满意，不愿推辞，万分乐于出席的婚宴之后，我思前想后，考虑再三，实在不好意思，根本就鼓不起勇气，邀请棉兰人远来槟城参加宴会。

平常不住一起的朋友难得相聚，更遑论一起吃饭。说起来时代已经进步到高速大道平且直，飞机又时时有廉价航班在招呼乘客，不过，真正要拨个时间来相见，仍有很多大大小小的困难要克服。难怪中国人讲究友人一旦登门拜访，不仅要请喝茶还要请吃饭。很久以前传诵到今天“百年修得同船渡，千年修得上下铺”的谚语影响力非凡，并扩大为“不知道要修多少年，才有机缘同桌吃饭”的惆怅。

来客若是相聚时喝起酒来千杯也嫌少的知

己，更不会放过请饭机会。和自己喜欢的朋友一道吃饭，吃的是感觉，无须讲究美食或美酒。简单一碗煮面、一盘炒饭，或者一碟炒粿条，友情的温暖形成美味的基础，相聚时的亲切交流制作出难忘的可口味道。

请饭可简可奢。朋友因工作关系，时常在装潢豪华气派堂皇的超五星餐厅，对着两根白煮芦笋、两块红黄小番茄、三片青菜和几丝线条划得非常漂亮的黄色调味料。形象虽然美观，画面过于单调，挑不起重口味朋友的兴趣，面对大客户，不得不表演，之前那碗蘑菇浓汤早已灭掉他的食欲。勉强吃完青白芦笋，侍者过来收盘子，捧来一片白煮鸡肉、几颗青豆、一团土豆泥。搭配的是高脚杯中的高价红酒。同桌的各公司高层才俊左一声右一声："Cheers！"最后还有甜点和咖啡。略可接受。从朋友的口气里听到是苦着脸在说话。其他全没味道，拼命加辣椒酱添番茄酱或大洒胡椒粉和细盐。满嘴是酱，点头微笑，口里吐出一堆惊叹号："Very nice！ Delicious！ Wonderful！"仅只一顿吃，价格可超过普通人的一日三餐。此乃昂贵价格不代表好吃的最佳示范。朋友的批评意见还没说完，手机里传来街头嘈杂声，朋友说，“等我吃了这碗福建虾面，再和你聊”。

遇上这种饭局，朋友充满期待和憧憬的，竟是高级餐后那碗街头小食。

应酬的饭，能推则辞，宝贵的时间随着岁月的流逝越来越不够用，哪还允许浪费？另一位从政朋友，抄袭洋人讲的话：“有多少次，我是饿着肚子从晚餐席上跑开了！”那些赶场的晚宴，为拉选票，每个邀请都不得不出现。这场宴会坐一下，赶到下一场亮相，略坐或上台讲几句话，另外一场在等他大驾光临，一个晚上参加数场晚宴，奔波劳累，最后拖着疲乏的脚步，饿着肚子回家吃面包，喝完一杯 MILO 再加一杯阿华田。

赴宴原来是敷衍。

还是马来邻居的宴会请客比较生活化。于自家门前搭棚摆长桌，长桌由十几张四方桌连接起来。友善的马来民族，只要是同村或住同一花园的居民，不管平日有无来往，全都邀请。亦没华人亲自登门的规矩，只简单将请柬投进每家每户的信箱。宴客时间大多设定上午十一点至下午五点，随客自由。客人一旦来四位，立刻上菜：开胃前菜一碟、炸鸡四片、咖喱鱼一碗、干咖喱牛肉（或羊肉）一碟、椰浆煮青菜或清炒青菜一碟，白饭各人一盘。饮料是红色玫瑰糖浆水，加冰。饭后水果为黄梨或西瓜，添加红色的燕菜是最后的甜点。若想添任何一道菜肴或白饭，或饮料水果甜点，不必虚伪客气，直接提出要求，定不落空。吃饱跟主人道谢告辞，每人可获白煮蛋一个，装在设计得漂亮精致的正好容得下一个鸡蛋的超小迷你篮子里。

到欧洲旅游，洋朋友说带我们去午餐，我们高兴得忘记客气，欢欢喜喜到餐厅，他要点三明治或汉堡，再加一杯可乐和一包炸薯条。幸亏没乱点，还没开始吃，已经缴钱，各人付各自的餐费，实施的是洋人所谓的 AA 制。

外国人习惯吃面包，却有一篇请客吃饭的妙文，根据钱钟书文章，这段文字是在《老饕年鉴》里节选出来的：

> 我们吃了人家的饭，应该有多少天不在背后说主人的坏话，时间的长短按照饭菜的质量而定，所以做人应当多多请客吃饭，并且吃好饭，以增进朋友间的感情，减少仇敌的毁谤。

活到这岁数，发现这位“吃饭的高手”说话有真理，要是担心有人在背后嚼舌根子，说你的长道你的短，有机会和朋友一起吃饭时，不妨多叫几道名贵罕有的山珍海味，再加精致可口的点心和甜品，然后，一待大家吃饱，你记得去付钱呀！

青木瓜之味

下机后先去午餐，其中一道菜肴，是青木瓜沙律。初到越南的第一餐，这一份沙律，叫人想起埋藏在记忆中的越南小女生——梅。

开始对越南有印象的那个地方叫西贡，即今日胡志明市。安排越南旅游时，心里亦以为要去西贡。临上机前个晚上，方知隔天行程飞河内。不是没有吃惊的。20世纪的人，恐怕没有想到，今天河内竟也成旅游景点。那时两个因为政治背景的隔阂，互不往来的国家只能遥遥相望，然后，一切靠想象。

一直在想象中的西贡，某日突然出现，那是20世纪90年代，无意中看到一部影片。《青木瓜之味》的故事发生在1951年，越南尚在法国殖民期间，然而镜头下房子的布置，生活的用具：走廊、佛堂，茶具、二胡，吃饭时用的筷子，摆在屋子角落的青花瓷，还有墙上挂着的中国古代细描的工笔仕女图，无一不具“中国”痕迹。寻觅越南历史，原来它和中国的渊源将近两千年。作为中国那么长时间的“藩属国”，越南不可能不受到中华文化的影响。

这部片子成为我对越南的第一印象。影片以一个十岁小女生的眼光来看人生，电影故事因此纯净朴素，简约美好。开始是夏天，傍晚的街道幽静阴暗，家境贫穷的小女生一路探询，终于找到她即将去打工的人家。家里酗酒的少爷时常出走，并把家中财物一并带去，几个月后，钱花光了才回来。这样的出走不断重复，少奶奶不得不亲自打理生意，照顾家庭，成为扛起全家责任的人。他们有个女儿，染病后没钱医治，死了。一回少爷又离家出走，老夫人责怪少奶奶不懂得讨少爷的欢心，少爷才会出去寻花问柳。贤惠的少奶奶只是细声哭泣。最后少爷还是回来了，却是带着病回家，死在家里的床上。小女生逐渐长大了，这个家因家道中落最终财力衰微，把她当女儿疼爱的少奶奶纵有万般不舍（她要走时少奶奶把头埋在枕头里哭泣），也不得不将长大的女生打发到另一户人家当女佣。新的人家是个年轻男子，身为古典音乐钢琴家的男子本来有个爱人，是热情奔放的现代女性。结局是音乐家和艳丽夺目的爱人解除婚约，选择了静静地爱着他把他照顾得无微不至的清秀内敛小女生。

电影看过了，有几个细节特别深刻。其中两个配角，一个终身未娶的唐老先生，默默地在等待守寡的老夫人，老夫人却每天在家为逝去的丈夫吃斋念佛。还有，电影里的少爷理直气壮地，时常外出几个月去找情人，宽容隐忍的少奶奶从不抱怨，少爷回来时，她还喜极而泣（哭着说："回来就好回来就好！"）。为了承担家庭的开销，少奶奶靠织布卖纱来维持生计也咬牙坚忍。观众的感想是：越南也有如此严重的男尊女卑传统思想！恐怕这也是受中华文化深远影响的部分吧。

真正的女主角，是一天天长大，越大越美

丽的小女生。《青木瓜之味》有两个镜头叫人难忘，可能是电影名字的由来吧。质朴善良的小女生第一次用刀缓缓切开青木瓜，看着里边一颗颗圆得像珍珠丸子的种子，表情好奇和惊喜。十年后，当她再次切开青木瓜，伸手去摩挲着照样圆圆珍珠般的种子时，她的笑容是愉悦和幸福。

吃着抵达越南的第一道开胃菜，青木瓜沙律。导游说这是用还未成熟的青木瓜去皮做成的，去掉种子后，把白色的果肉刨成细细的丝，先用盐腌一下，洗掉，再浇上新鲜的柠檬汁、越南著名的调味酱鱼露和苹果醋，也添加一点点切小片的红辣椒。慢咀细嚼时可品味到青木瓜的清新香气，口感酸甜爽口，清脆又带微辣，十分下饭。吃着糯香的越南米饭，终于明白为什么当年越南号称是东南亚的米仓。

既然是东南亚米仓，人到米仓吃到好的米饭理所当然。越南战争是在 1955 年开始至 1975 年结束。米仓在战争中燃烧销毁，一直到越南历史进程中的重要里程碑 1986 年，一切重新开始。

在经济和思想上改革开放三十年后的今天，越南除打开门户迎来许多投资商之外，也对客似云来的旅人伸出欢迎的双手。

提到越南战争，不得不提起那个叫潘金淑的女孩。1973 年普利策新闻摄影奖，落在时年 22 岁的越南籍华裔摄影师，也是美联社记者的黄功吾手上。他的获奖照片题目是《火从天降》。一个全身赤裸的小女孩拼命奔跑，她的皮肤在燃烧！这张拍摄于 1972 年 6 月 8 日的震撼人心的照片，同年在荷兰世界新闻摄影大奖比赛中被评为最佳新闻照片，是一张被誉为“提早结束了越战的照片”。那一天，久战不胜的美军对着村庄和平民猛烈轰炸，无辜的村民惊慌地逃命。从天而降的炮弹不幸击中潘金淑，她当时只有 9 岁，因为实在太痛了，她将燃烧的衣服脱掉，赤身裸体在公路上奔跑，皮肤仍在燃烧，焚烧的痛楚和精神的恐惧在她号哭的脸上流露无遗，走在边哭喊边逃命的孩子的身旁是悠闲步行的美军。不必言语和文字，战争的残酷在一张照片里清楚地揭示。

原来在《青木瓜之味》的小女孩之前，我更早认识的越南小女生应该是这张照片里的潘金淑。看着照片的时候，许多读者跟着她一起痛哭流涕。时间是残酷的，许多我们以为永远不会忘记的事物，却也被岁月风霜掩盖得密密沉沉，到了最深层的底下。我记住了《青木瓜之味》的优美，却忘记了悲伤惨痛的战争记忆。

我带着歉意去搜索潘金淑的下落。原来在她逃命的当时，英国记者克里斯多夫阻挡了她，并即刻往她身上不停泼水。过后，是黄功吾把她送到最靠近的一家英国医院。她在医院待了十四个月，接受了十七次手术。医生曾经告诉我，如果将疼痛排序，生育的痛排第一，接下来便是灼伤的痛。无法想象 9 岁的小女孩是怎么忍受那份撕裂般的痛苦的。后来，辗辗转转间，她在古巴念大学时遇到来自越南的同学，结婚生子后移居加拿大。1997 年 11 月，她被任命为联合国教科文组织的和平友好大使，成立基金会为在战争和恐怖活动中遭受伤害的儿童提供医疗援助经费。在基金会成立大会上，她说："我不再逃跑，不再是受害者。让心灵复活，让爱和宽恕成为战胜仇恨和死亡的良药。"她一直和黄功吾保持联系，后来也和救了她的英国记者克里斯多夫见面。再后来，她见到那个投掷汽油弹的美军机师约翰·普拉莫。在完成战斗任务的第二天，看见了那幅震撼人心的照片后开始受到良心谴责的约翰，回去以后，日夜活在悔恨中。1996 年 11 月 11 日，潘金淑和约翰相见，过后，约翰说："金淑看到了我的悲伤和痛苦，她伸出手臂给我，拥抱我。我只能一遍又一遍地说抱歉……她说她原谅了我，我自由了，我终于可以平静地生活了。"

第一天来到河内，什么也还没有看到，但我深深期盼看见每个人都在平静生活的景象，战争永远不要再来。

《青木瓜之味》的小女生的名字叫梅。真巧，河内导游说，她姓阮，但不要叫她阮小姐，因为在越南，一声阮小姐，会有很多人回头。她要我们叫她梅，她说她的名字叫梅。

二　饼　记

樱花饼

朋友送我一盒饼。她递过来时微笑问：“你吃过樱花饼吗？”

看我一副目瞪口呆的样子，朋友的笑容更加可掬，她对着张嘴的呆子说：“樱花可以泡茶，可做樱花酱涂抹面包，可用盐腌渍后食用，如果嫌太咸，那么建议做樱花蜂蜜。樱花的药效是平喘、止咳。”见到我的眼睛越瞪越大，朋友继续说着樱花的用途：“具有很好的收缩毛孔和平衡油脂的功效，可嫩肤和增亮肤色。”

“哦，我明白了。”我像好学生般点头。可惜人在热带的南洋，想要见一下樱花也很难，哪还有多余的樱花拿来做饼，做樱花酱、盐渍樱花以及其他等等。幸好朋友给我买来美丽的樱花饼当手信。意外惊喜很暖心。

想来朋友知道我喜欢日本文学。

阅读许多小说散文以及和歌作品后，樱花很自然成为我梦中的花。日本诗经《万叶集》繁荣美丽的“樱花绽放奈良城，万紫千红处处馨”令人眼睛一亮。《古今和歌集》的樱花“就像透过迷雾看到山樱那样，我隐约中看到了你便爱上了你，再也无法忘怀”，歌颂的是爱情也是樱花之美。后来再看到的樱花却笼罩在死亡的阴影下。日本首位获得诺贝尔文学奖，后来却自杀身亡的川端康成，他的《伊豆的舞女》描述的是凋谢的樱花：“樱树对寒冷非常敏感，樱叶仿佛想起来似的飘落下来，带着秋天隐约可闻的声音掠过了潮湿的土地，旋即又被风儿遗弃，静静地枯死了。”樱花里有非日本人无法了解的死亡美学。切腹自杀的三岛由纪夫，《春雪》里的樱花充满死亡意象：“夕阳残照里，远处的樱花层层叠叠，密密匝匝，如蓬松的羊毛团团簇簇，在那近乎银灰色的粉白色下，深藏着些微不祥的、如死者整容化妆那样的红色。”

日本俳句说“婆娑红尘苦，樱花自绽放”，诸事无常人生如梦就在樱花里。读着读着，惆怅一点一点生出来。一边开花，一边落花，这简直就是“把美好的东西毁灭给人看”呀！

日本有句著名谚语“樱花七日”，只因绚烂艳丽的樱花，花期不过短短七天，然而，脆弱易落，风一吹便纷纷飘零的何止樱花呢？世间所有良辰美景莫不稍纵即逝，蕴含在美不胜收、灿若云霞背后的道理是劝君莫负刹那芳华呀。

每年春天都为樱花疯狂的日本人，就是坚决不糟蹋当下美好的人。无论多么忙碌，花季一定刻意安排去观赏，而且无比重视。先把自己正式装扮，再出门寻找花儿盛开之地徜徉一天。日本语“花见”说的就是赏樱。真有趣，明明是人去看花，却变成和花相见，或者说是花儿见人。主动成了被动，真是令人充满期待、欢欣雀跃、赏心悦目的活动。

细细品尝樱花饼的时候，心里禁不住生出伤感。多少次说要去日本漫步樱花之路，一次次相约，一次次没有珍惜，今年时间到了推明年，再明年，又再明年，最后决定 2020 年非见不可，结果新冠病毒疫情来袭。

绯红樱花饼的味道充溢着酸甜的惆怅和黯然。

花见之路，为什么这么近却那么远？

不断相约，不断毁约，直至无法相见。

也许，蓄意让有些梦留在梦里吧。

菊花饼

那天晚上，长形餐桌上摆满食物，种类丰盛，包含前菜、熟菜、煎烤类、生鱼生肉类、清蒸类、油炸类、汆烫类、饼类、面类等等，还没饱口福，已经先让人眼花缭乱目不暇接。

各种泡菜一起出现。之前以为韩国泡菜都是红通通，原来还有酸甜不辣的白色泡菜。招待的主人说这乃“皇家泡菜”也，是从前皇室里吃的。生食品亦叫人大开眼界，不同颜色的蔬菜沙拉，凉拌海蜇算是一般，生蚝、生鱼片也叫常见普通，之外，竟有一道凉拌生牛肉！这些摆得漂亮的生食对我这个熟食主义者来说，都是用来看的。中间有一锅红白绿相间的蒸牛尾，冒烟，是热的，坐在旁边的作家尝了一口说美味可口，我点头赞同，没告诉他，因宗教信仰，我从小到大不吃牛肉。螃蟹豆腐粉丝汤的酸辣味道还可以接受。那位来接我，会说中文的漂亮女生，从机场到首尔市区的路上，告诉我她最喜欢她爸煮的螃蟹泡菜汤时，我的表情让她和我一样吃惊，我愣了一下，接着看见她也愣了一下。到韩国之前从未听过螃蟹可煮汤，她说这是韩国人几乎每天在吃的一道平常菜肴，这下算增广见闻啦。有一个最得我心的菜叫“九折板”，像玩家家酒，一个有九个格子的大圆盘，中间是小麦煎饼，其他八格是切丝的煮熟肉类和各色蔬菜，吃的时候，各人选自己喜欢的肉和菜，卷进煎饼里，和泉州润饼极为相似。到韩国没吃人参鸡汤，大家都会说你没来过韩国，但是怎么可能吃得下呢？洒着青葱芝麻的辣炒年糕油亮灼红，面相诱人，也得个看字。海鲜煎饼的诱惑力超强，忍不住吃了一小块，鲜味的煎饼饱腻感让荞麦冷面被打入冷宫，摆在面上边的白色萝卜丝、绿色黄瓜丝、红色萝卜丝还有那半颗溏心蛋的黄金蛋黄让我想念到今天。韩式炒鱿鱼、宫廷炒粉丝、烤大虾、金黄煎鱼、白切五花肉，都是无法否认的美味，然而，对于一个吃饱的人，多可口的菜肴都缺乏吸引力。告诉自己就等下次吧。

然后，上来一个不大的白色盘子，中间几片橙红色，米香味浓，看着就是软糯可口的面饼。

我探头的好奇样子让身边韩国的朴宰雨教授不得不介绍："这是菊花饼。"

我当然吃过菊花饼。那是一种用面粉、牛奶、鸡蛋和黄油以及糖混合调好之后，做成菊花形状的烤饼。还有菊花绿豆饼，是绿豆粉菊花形的饼，都很好吃。但眼前这煎面饼并非菊花形状。朴宰雨教授比一个请吃的手势并说："饼内加了菊花，入口有淡淡的花香味。"

那么，这就是真正的菊花饼了。

品尝菊花饼的时候，读过的菊花诗都跑过来找我了。"东篱把酒黄昏后，有暗香盈袖。""黄菊枝头生晓寒，人生莫放酒杯干。""不是花中偏爱菊，此花开尽更无花。”“宁可枝头抱香死，何曾吹落北风中。”“秋菊有佳色，裛露掇其英。”“孤标傲世偕谁隐，一样花开为底迟？”因为咀嚼着诗情画意，所以那么一小片，却吃得很慢很慢。

宴后走出餐厅，低头穿好鞋子，抬头一看，门口一排黄色包心菊，已经夜里九点多，瑰丽饱满的菊花照样开得灿烂，原来菊花到夜里也不睡觉。陪同一边的朴宰雨教授同我说，下次会议在济州岛，那儿有许多花，到时一定要过来呀！

那天下午，我是在槟城超市入口排队购买食品的时候想起菊花饼的。疫情时期，购物的人无法自由进出，必须先以手机扫描二维码，量体温，温度正常才被允许入内，然而鲜艳斑斓、绚丽绽放的菊花，照样被放在中间最显眼的位置售卖。

韩国初次邂逅的菊花饼，也许便是生命中的一生一会了。

白粥情意结

隔天要去机场接一位学者，张卫东教授。他在微信上告诉我他的航班号码、日期和时间。时间甚早，住在东北部的我得清晨五点从家里开车出去，才来得及在一个小时后到达位于西南边的机场接六点十五分出来的他。张卫东教授是我邀请到槟城来给我们“传经送宝”的学者，我很高兴地答应说好呀没问题。他接着用文字和我说了一些客气的话。

隔天清晨我才知道他前一个晚上那几句没什么内容的话，应该是“迟疑的心情”，最后没有说出他真正的需要。因为他在临上飞机的凌晨五点左右，我正要出门的时候，给我再来了一条微信，这回是没有客套的直截了当：“回头接了我之后，是否可以找个地方吃白粥？”

这算是问题吗？这么简单的事儿，他犹豫了一个晚上！

恁谁听起来都不大的问题，没想到还真是难倒了我。

这让我想起前几年自台湾来访槟城，向我要求吃粥的作家林焕彰。他和同伴在吉隆坡待了一个星期后，北上槟城。因为是多年老朋友，一见面焕彰兄开门见山："今天不要吃餐馆酒楼，去吃粥吧。"我认为他们是替我省钱，当然是"不可以不可以"，那么远道而来的珍贵客人，怎么能去吃粥呢？

"我们喜欢吃粥，在这里好多天都没机会吃到粥。"焕彰兄这句话打开我尘封的记忆，多年以前到台湾，出版社老总特地请我吃台湾粥。一般人都不把吃粥当成一回事，觉得不过喝碗粥，廉价的东西拿来请客不仅太随便，仿佛也轻蔑了客人。老总建议吃粥时，特别说了原因："许多外地来的朋友都说这里的台湾粥好吃，我们去试试。"

金黄的菜脯煎蛋上有绿色的芫茜[1]，翠绿的

① 芫茜：香菜。

地瓜叶上边点点红色枸杞，梅菜扣肉的梅菜是手工腌酱自制，一上桌便闻到梅香咸鱼味道的蒸肉饼，还有豆腐、小鱼干、脆萝卜等等，都是小小一盘，却从碗碟的精巧和菜色的摆盘见到精致之所在。是客人不断叫“停停停”，不然主人还在拼命点菜。

第二天我跟在台湾的妹妹说老总请我吃台湾粥，妹妹说那家是全台北最好吃，却也是价格最昂贵的粥店。别看餐厅写着“吃粥配小菜”，结出来的账比五星饭店还贵。但那真是很好吃的粥。名为吃粥，却让人吃出色香味俱全。

收到张卫东教授的微信时，我在开车往机场的路上，一有机会停下，便到脸书[①]向上面的朋友求救：“请问有谁知道，槟城什么地方可以吃到早餐粥？”

上一回邀请来的是苏州C教授。明明他住的酒店，早餐选择多种多样，但他就是想吃一碗汤面。“随便什么清汤面，只要不辣的，或者

① 脸书：即“Facebook”，一款由马克·扎克伯格创办的社交网络服务网站。

白粥”，他说。说的时候会议已经结束，是最后一顿早餐。我起个大早，到酒店载他去外头一家小店吃粿条面汤。他说来槟城这么多天，就那碗粿条面汤让他肚子最实在，是他来槟城吃过最美味的早餐。本来以为酒店早点备有马来餐、印度餐、美式早餐、欧式早餐，没想到皆非他所需。

好吧。我想起来了，两次有关粥的要求，我都缺乏能力办到，因为在槟城真的找不到吃白粥早餐的地方。这回以为万能的脸书大神可以解决问题，所以很放心。张卫东教授一上车，我就跟他说，你稍等，我看一下到哪里吃白粥。

脸书上果然有很多朋友回答，全部综合起来答案只有一个：槟城没有地方卖白粥早餐。在想象中轻而易举，只要有了地点即时踩油门，一时三刻便可马上解决张教授来了三天找不到白粥的烦恼，结果是让张教授深感失望的槟城第一次见面。

我以招待苏州C教授早饭的经验，先载张教授去吃一碗汤面再加一包马来西亚国民早餐椰浆饭，还叫了马国人民经典早餐咖啡和烤面包，但他显然对后者毫无兴趣。灵机一动问他要不要喝一杯热豆浆，他大力点头说好，我载他在市区绕了一圈，被他发现，在槟城要找一杯现磨的豆浆也不是容易的事。

后来就放他在酒店休息。

然后我没闲着，继续努力找朋友探听，什么地方可以提供一碗白粥呢？

中国人早餐喜欢喝粥。南洋人习惯两片面包一杯咖啡。

长年是面包早餐的人到了中国，才发现早晨一碗热粥，肚子里那实实在在的温度，真的叫人无法不产生幸福和温暖的感觉。不必配大鱼大肉，仅仅需要几颗花生、一点咸菜或四分之一咸蛋，如果有一个荷包蛋，那幸福感会更往上升高。

时光继续回溯，20 世纪 90 年代初到福建莆田，同去的南洋朋友说不要吃酒店啦，带我们到外头吃好吃的。在街上走了大约二十分钟，又绕回来，那个时候，路边没有卖什么吃的。结果在酒店吃的早餐。南洋朋友有点沮丧，时间太早了啦。我吃一口紫菜，喝一口白粥，又吃一口菜脯蛋，再喝口白粥，几颗咸花生就白粥喝，味道特别香甜，在秋天清冷的早晨，全身温暖的我感觉自己吃到天下美味。我应该就是那个时候开始爱上白粥早餐。

虽然回到家的早餐照样是面包咖啡，但人到中国，清晨往往被一碗白粥叫醒。别人可能为了赶会议时间需要早起，我则是想起有粥喝赶紧起床，就想慢悠悠地享受一碗白粥的滋味。

很难告诉你白粥究竟是什么味道，二十年来，已经变成一种情意结。这有点像刚走进中国时把喝茶当开水解渴，后来，不断地接触茶，饮茶、品茶、论茶，从无知到了解以后，渐渐走进“喝茶是茶，喝茶不是茶，喝茶还是茶”的境界。茶文化的审美把道家的自然境界、儒家的人生境界和佛家的禅悟境界也包含融会了。这样的境界关乎历史和文化呀！

在我的早餐还没到“喝粥是粥，喝粥不是粥，喝粥还是粥”的境界时，我帮张教授找到广东点心店里卖的鱼生粥和皮蛋粥。张教授很高兴又略带遗憾地说，还可以，不过，如果是白粥会更好。

秋刀鱼之味

今晚餐桌上有鱼。

虽说鱼与熊掌，不能兼得，但因对熊掌从来没有向往和憧憬，所以不会有期待。也许滋味是好的，但与我无关，上餐馆绝对不会点这道菜，自己大概也做不出来。世界上有那么多拿出来一看就叫人眼前一亮，垂涎三尺想要品尝的食物，何必选择如此难看得可说是丑陋无比的，大熊的掌。想象从不洗澡的大熊，靠近来都不会有好味道。幸运的是连看也不曾有机会看过，可以确定的是，就算拿到餐桌上，对我来说也一如生鱼片。即使是日本著名餐厅五星大酒店款待的生鱼片，我也不肯下箸。同桌特别喜爱日本食物的朋友，纷纷游说怂恿，一再赞赏十分的美味。我拒绝的姿态很温柔，和摆在瓷盘里的生鱼片一样好看，只是微笑，也不摇头，但坚决不入口。

爱吃鱼的人不吃日本生鱼，只能说是个人原因。对于日本料理的其他各类煮熟的鱼，我并不排斥。返回故乡槟城，搬到海边来，发现这里日本餐厅特别多，后来才听说移居槟城的日本人，格外钟情这一区。日本料理在制作上重视味觉，除要求材料新鲜之外，还追求“色、香、味、器”的和谐统一，在视觉上亦力求讲究，让食物的美味更上一层，再加上距离靠近，外食时贪方便，时常就地取“店”。

坐在日本餐厅，我看着餐桌上的鱼，大多为鳗鱼、三文鱼（鲑鱼）、金枪鱼（鲔鱼）、鳕鱼等，日本料理喜欢将鱼先涂上调味料后烧烤，再蘸有甜味的日本酱油。也许是餐厅里的音乐和歌曲，亦可能是装潢和设计的风味，嘴里就算吃着别的鱼，心里却想起日本特有的秋刀鱼。

爱鱼又怕鱼刺的人，吃秋刀鱼时可放心食用。秋刀鱼不是大鱼，身形瘦长，不多刺，除了中间一条鱼骨，几乎都可食用。但吃过的秋刀鱼做法只一种，盐烤后加日本酱油，再添几滴柠檬汁，这是我首次叫秋刀鱼时的烹饪法，一吃之下，从此不更改。从一而终亦非坏事，虽然失去了其他选择，但既然吃到好吃的，就这样吃吧。当时并不知道这正是秋刀鱼的经典烹调法，很多人都喜欢这样吃秋刀鱼。郁达夫喜欢和推崇的日本作家佐藤春夫，是大正时期的抒情诗人，作品中有“浪漫的诗情和深沉的忧郁”，他曾接受朋友邀请到福建和台湾旅游，在泉州时听到福建市井故事《陈三五娘》，正为感情困惑而烦恼的他深有所感，回日本后创作小说《黄五娘》和《星》。一回在佐藤春夫诗里看到秋刀鱼，“秋刀鱼，秋刀鱼，吃着洒上青桔酸汁的秋刀鱼，是这个男人故乡的习俗”。能够吃到诗人的故乡美食，也是一种福气，这时，口里的秋刀鱼仿佛沾染一点诗情了。

和我一起午餐的，喜欢电影的年轻小友听到我叫盐烤秋刀鱼，她竟然看过年纪大的人才中意的日本影片《秋刀鱼之味》，还告诉我导演小津安二郎写的日记：“秋刀鱼是忠实的报秋鱼，一烤秋刀鱼，但像风吹透心中隙缝，凉飕飕的感伤随即涌上来。”秋刀鱼在小津安二郎心中是感伤的鱼吧。他在这部影片中，表达了即将年老的父亲和为了照顾鳏居的父亲及小弟而没有出嫁的女儿，各自的哀伤。瘦长的秋刀鱼体长可达三十五厘米，像长得修长的导演。其实我并不晓得小津安二郎是瘦的或肥的，但我喜欢瘦人，因此我喜欢的人，我就想象他是瘦的，让我更加死心塌地一往情深不离不弃。秋刀鱼的背及侧上方是暗灰青色，腹侧面为银白色，体侧中间有一银蓝色的纵带，看着就很漂亮，增加了它的可口程度。因为它是秋天盛产的鱼，秋季也是它最肥美的时候，刀则是来自鱼的形状，秋刀鱼的名字和它的外形及色泽一样动人，真有意思。

新识日本朋友，提起秋刀鱼，他像听到他的老朋友一样快乐。他说不久前在日本盛传一篇网络文章，虽然不比《秋刀鱼之味》流传得长久和广泛，但却让人对秋刀鱼留下深刻的印象。

在日本家喻户晓的秋刀鱼，价钱并不昂贵，

是人人都吃得起的美味佳肴。这篇网络文章是这样写的："日本一网友买煤炭自杀，又因为便宜把秋刀鱼也买了，瞬间又觉得生活美好了。"日本新朋友说，因为吃了好吃的秋刀鱼感觉人生还是有意义而不自杀的人贴了文章，就有另一人回应："看到电视广告上的烤秋刀鱼感觉很好吃，就准备在院子里用煤炉自己做，于是去卖炉子和燃料的地方准备买煤炉和煤。店里的老爷爷很仔细地问我的职业和使用目的。坐在店里的座席上，老爷爷、老奶奶和我三个人喝着茶。听了老爷爷的人生和对世间的热情，不知不觉眼泪流了下来。最后他拍拍我的肩膀说：'加油！'然后我感觉很安心地走了，最后煤炉和煤也没有买成。"

本来感伤的秋刀鱼，在这里变成充满生命劲道的鱼。很喜欢这样的故事，吃到好吃的秋刀鱼就不想去死了。可是，关于佐藤春夫的爱情故事的《秋刀鱼之歌》还有下半段："有一个男人在独自吃晚饭，眼泪滴在秋刀鱼上面。秋刀鱼，秋刀鱼，到底是苦还是咸？在秋刀鱼上撒落热泪，是哪一个地方的习惯？这样的问题是不是太过奇怪？”为爱情而流泪的男人，叫女人看了很感动，至于秋刀鱼的味道是苦还是咸，是哪个地方的习惯，又有谁能够回答呢？

在热带没有季节，或说任何季节都不明显，对什么时候的秋刀鱼都不会有特别的感觉。如果不是小津安二郎导演的影片，如果不是诗人和写手，把秋刀鱼的感伤和力量传达，那么吃秋刀鱼，也不过就是吃秋刀鱼。

人生总有消沉的时刻，下回，叫一尾秋刀鱼吧。

今晚的餐桌上就有鱼，一盘秋刀鱼。

忘忧的石榴

家里意外来了两个色泽艳丽的石榴，我把它们搁在厨房窗口边桌上的水果篮子里。午后的阳光眷恋难舍地游移在黄褐橙红相间的果皮上，是美丽令人产生幻觉吗？空气中充盈着香甜的味道。还未切开来吃，先上网搜索石榴资料，我要确认水果商说的："石榴又叫'忘忧果'。"

印象中的"忘忧果"是跟莲有关系的。很久以前翻画册看到英国油画家约翰·威廉姆·沃特豪斯 1891 年的作品《奥德修斯离开"忘忧果之岛"》。那时我不晓得奥德修斯是史诗《奥德赛》的主角，听过他的名字是因为"特洛伊战争"。《木马屠城记》这部电影开了 12 岁的我的眼界，那样年少的我很难忘记"木马计"。希腊联军攻打特洛伊，足智多谋的奥德修斯献计打造一只大木马，马腹内藏着伏兵，特洛伊人把木马拖进城里，希腊人里应外合攻破特洛伊，结束拖了十年的战争。每一年到外婆家，我几乎每天晚上都在电影院度过，因为小山城没有其他娱乐；那次带着满心仰慕“奥德修斯真是英雄呀”，恋恋不舍地离开了小而旧的山城电影院。

神话中奥德修斯率领同伴从特洛伊回国，途中因得罪海神波塞冬被下咒语，一路历尽艰难险阻，先在喀孔涅斯人岛受到袭击，逃离后漂流到“食莲者之岛”。这里的岛民过着闲适慵懒的日子，奥德修斯的船员来到岛上，当地人邀请他们享用岛上美食“忘忧果”，吃过这神奇水果的船员陷入恍惚的昏睡状态，再不想离开。奥德修斯等不到上岛同伴返船，亲自来到岛上，发现罪魁祸首是“忘忧果”，于是不许其他船员吃食，把那些吃了“忘忧果”之后疲懒懈怠的同伴捆在船上的凳子上，赶紧扬帆启程离开。

岛名“食莲者”，忘忧之果理所当然就是莲花的果实，谁看到都是这么想的。我也是。

载着吃了忘忧果的船员，奥德修斯的船一

路朝故乡的海路航行，经过西西里岛海域附近的塞壬岛，远远传来宛转悠扬的美妙歌声。幸好奥德修斯提前听到神的告诫，知道这里有个长着老鹰羽翼、美丽女子面孔的女妖塞壬，日夜唱着动人的魔歌在引诱过往的船只，凡听到她那清澈悦耳歌声的水手，都情不自禁转航去寻觅魔音来源，最后就在暗礁密布的大海触礁而亡。

早有防备的他，为了不让水手们听到任何声音，下令大家以蜂蜡塞住耳朵。打算自我挑战又好奇地想要亲耳听听据说可以穿透一切，直抵人心灵魔音的奥德修斯，叫水手用铁索将他捆绑在桅杆上，且告诉水手们，到时不要听从他的指挥。

船在诱惑人的天籁之音中缓缓接近塞壬岛。每看到有船靠近时，塞壬即时化作美丽女子。打扮得艳丽性感的妖女唱出摄人心魄的歌，果然魅惑了奥德修斯。他在桅杆上挣扎喊叫，塞住耳朵的水手们却都听不到，眼看奥德修斯拼命企图挣脱铁索也不理他，大家按照他原先的指示，竭力摇桨前行（沃特豪斯油画画面重现的就是这幅情景），最后终于平安穿过那不归之海。

一再摆脱诱惑的奥德修斯，领着众船员回到故乡与家人团聚，成为荷马史诗中的英雄。

我沉醉在情节曲折迂回的神话里，被引领到理想中的大结局时才如释重负喘一口大气。

然后才想起我的目的不是要看希腊神话。

来到一个全球疫情反复的时代，受困在家无法外出，幸好处于物流业最发达的时期，每天的日用品和食物都在网上订购。卖水果的那个年轻老板上星期把我订的番石榴错送为石榴。以减少麻烦为做人原则的我说，算了，就石榴吧。于是，我家出现两个意外到来的水果。

当我切开那个年轻老板说“既然送错了，就免费送给你”的石榴时，虽没照镜子，但那惊艳表情一定像个傻瓜。形容词需用两个意思相似的成语：目瞪口呆、瞠目结舌。因为一个成语不足以表达错愕的程度。

我有个朋友，每次请我去她家吃饭，饭前一定吃水果。对饮食和保健很讲究的她说，水果切开不可搁置超过十分钟，必须马上吃。我瞪着我的石榴，应该有十分钟了以后想起她。

立马又回到现实的我突然发现，原来我很少吃石榴。

其实我很喜欢所有漂亮的水果，当然包括石榴，为什么又会时常忘记它呢？

上回是在什么地方吃的石榴？记得一起吃的朋友告诉我那个石榴是进口的，来自西班牙。西班牙的国徽上有一个红色的石榴，朋友说了之后问，你看过吧？还有，石榴花是西班牙的国花，当地到处都可见到石榴树——朋友再加一句。嘴巴微张的我，头一摇再摇。我到西班牙是为了毕加索、达利、高迪、米罗、格列柯等艺术家，每天睡醒就锲而不舍搜寻博物馆、画廊、教堂和各种风格独特造型古怪的建筑物，为亲眼看到名家经典作品亢奋激动，眼花缭乱，目不暇接，关于石榴，一点印象都没。

所以石榴不是在西班牙吃的。

在哪里吃石榴不重要，重要的是眼前个儿特别大且深具诱惑的红果，到底要叫它红色的珍珠还是丹赤的玛瑙？试试想象一下晶莹剔透的红色吧，但必须是真正见过水晶的人才明白有多好看。

“鲜艳夺目”太老土，本来不想用这么陈腐的形容词，可这石榴一剖开，视觉焦点立马直接落在瑰丽果实上，爱慕留恋难以移开。那颗颗粒粒红宝石样的果肉，叫人要怀疑那颜色简直不是天然的红，真是美到舍不得吃呀！

美丽一旦过了头，不像是真的，犹如故事太精彩，转折点太多，跟着左转右踅，主题反而模糊。看奥德修斯回乡路上迂回辗转的遭遇，被崎岖曲折的离奇故事耍得团团转到最后才回头想起，我本来要搜索的主题是“忘忧果”。

那个石榴的味道没有辜负它外观的美貌，我跟年轻的水果老板订了每个星期送三个石榴来给我。他说好呀，顺便又再次重复：“营养丰富的石榴叫‘忘忧果’，很多人喜欢。”

“忘忧果？”那真是令人赞赏的“才貌双全”的水果呀。

《古兰经》里称石榴为“天堂圣果”，伊斯兰教先知穆罕默德说：“吃一吃石榴吧，它可以使身体涤除嫉妒和憎恨。”把嫉妒和憎恨忘掉，人就忘记忧愁了。石榴也是古希腊神话中的“忘忧果”，人们相信它的美味是人间难以抗拒的诱惑，它的魔力能令人忘却过去。在基督教中，石榴象征耶稣重生，代表生命的繁荣。所罗门王的皇冠上装饰着石榴的纹样图案，神庙祭祀的瓶钵礼器也以石榴纹饰为图案。《圣经》多处提到石榴。《雅歌》形容所罗门王喜爱的姑娘时说：“你的两颊裹在帕子内，如同一块石榴。”

这么说来，石榴是古老的水果呢！

人和古董的相遇一定是缘分。听说有一颗古老的象牙石榴在圣地耶路撒冷的古董店里不知道等待了多少年，1979 年终于等到法国圣经学家勒梅尔。他对铭刻在石榴上文字的解释是“此物隶属于耶和华之神殿，众祭司的圣地”。这枚不知出土日期的石榴，1988 年被以色列博物馆收藏。专家鉴定这枚石榴是公元前 8 世纪所罗门神殿的供品。

如此久远的石榴来到 20 世纪，法国最伟大的诗人保罗 · 瓦雷里这样歌颂《石榴》，由梁栋翻译成中文：“微裂的硬壳石榴 / 因子粒的饱满

而张开了口 / 宛若那睿智的头脑 / 被自己的新思涨破了头 / 假如太阳通过对你们的炙烤 / 微微裂开的石榴呵 / 用精制的骄傲 / 迸开你们那红宝石的隔膜 / 假如你们那皮的干涸金色 / 耐不住强力的突破 / 裂成满含汁水的红玉 / 这光辉的决裂 / 使我梦见自己的灵魂 / 就像那石榴带着这神秘的结构。”

神圣又神秘的石榴，让人忘记忧愁的石榴，因缘际会来到我家，把《奥德修斯离开“忘忧果之岛”》的图画重新带回我脑海。自作聪明的我一直以为船员们在“食莲者之岛”吃的“忘忧果”和莲花有关，却是这不期而遇的两个石榴，灼灼绚烂将我隐匿在记忆角落里的忘忧果故事召唤出来，那么长时间之后才晓得，“食莲者”的意思是贪图安逸、不负责任、浑噩度日的人。所以，奥德修斯的船员们吃的既非莲花、莲子，也不是莲藕，他们吃的是石榴呀！

每个人心中都有一包椰浆饭

争执的主题居然是哪一档椰浆饭最好吃。

老朋友聚会总是会起争执，但不担心，大家都太熟悉，明白界线，不会说得太过。争执起源于其中一人说，隔天有外国友人来访，想带他去吃一次国民早餐，椰浆饭不知道哪一家为好？

槟城人向来对本岛美食很自豪，马上有一人说“到银行街（土库街）渣打银行对面”。立马有人纠正：“渣打银行已经退场了。”这栋漂亮的英殖民历史建筑物不仅见证了槟城的发展，而且已经成为乔治市古迹区的地标，大家不自觉依旧把它的名字挂在嘴上。

接话的人是“老槟城”，如数家珍般：“那档马来蕉叶椰浆饭在斯里威尔美食中心，隔壁便是汇丰银行。”他还连档主名字和售卖的食物也背熟了："阿里椰浆饭营业至少超过十年，共有六种口味，江鱼仔和水煮蛋、煎鱼、炸鸡、鱿鱼、三巴虾、咸鱼和水煮蛋。我刚开始去光顾时，一包才一块五令吉。我总要求加辣酱（三巴酱），从没额外收费。"

住在离市区一段距离的白云山友人也不陌生："阿里椰浆饭很出名的。因为价格廉宜，味道可口，至今仍沿用传统香蕉叶包装。"在多数人已经采用塑料袋或塑料盒子包装的今天，传统蕉叶包成三角形或金字塔形的阿里椰浆饭，引发许多人的怀旧情怀，变成一种追捧焦点。况且，热热的椰浆饭包在香蕉叶里，一打开就闻到一股特别的香味。

"一包才一块半？"有不置信的人惊呼。"老槟城"说，"现在已涨到两块半了"，并提供新资讯，"它不久前名列在米其林榜上"。

讨论方向忽然转向米其林，但我们要说的是椰浆饭。要带朋友去吃椰浆饭的人说："米其林不重要，重要的是好吃。"

这话深藏哲理。出名不代表出色，低调群

里也有高人。

阿里蕉叶椰浆饭档开在世界遗产区，也就是老城区。那条靠海的银行街，附近上班的白领人士不在乎排队，衣着整齐地在街头安静地伫立在长龙后边，为了等待一包或两包椰浆饭作为早餐或午餐。

白云山人不甘服输："我们那边巴刹[1]有一档，虽没上榜，价钱也是两块半，一入口，你立马感觉它的美味超乎价格。"

"有那么好吃？"甚爱这道国民美食的我听到目瞪口呆，马上决定，"明天就去找。"

"你需要在巴刹时间，上午十点前。白云山巴刹特别多椰浆饭档口。这档是在中间段，一个印度中年妇女售卖，仅有两种口味，煎鱼和半个水煮蛋，另一是江鱼仔和半个水煮蛋。"

椰浆饭是马来西亚人的最爱，几乎是全国国民每天的早餐。大马三大民族，马来人不吃猪肉，印度人不吃牛肉，华人则什么都吃，一般椰浆饭里没有猪和牛，所以受到不同民族的喜爱。

---

① 巴刹：马来语，市场的意思。

“你们说的是小包装的传统椰浆饭，我建议你带朋友去吃可以自由点菜那种。”比较豪气的一个人建议。

椰浆饭是在白米里加了椰浆，拿去蒸煮的食物，讲究的烹饪者为增添香味，特地加入斑斓香叶一起。最传统的包装是用香蕉叶，蕉叶里的椰浆饭配有切片黄瓜、酥炸江鱼仔、炒过的花生、全熟水煮蛋，再淋上热辣三巴酱。美味与否就看那热辣酱料是否合你口味。有些偏辣，有的偏甜，也有偏咸的。社会富裕之后，就有添加其他佐料如炸鸡、炸鱼、虾、鱿鱼、苏东（小管或乌贼）等等。听着丰盛，然而，据说最传统的椰浆饭佐料，是一小块咸鱼，而且是全部马来人的最爱。

“选择多固然显出请客者的诚意，但是，如果是我，我坚持传统小包装。”有人反对椰浆饭大餐，认为小包平价椰浆饭才是真正的椰浆饭。

反对的人有理由：“传统的金字塔形小包椰浆饭，就连我们的元首也喜欢。”

马来西亚现任国家元首苏丹阿都拉，每天

清晨祈祷后，就到一家平民茶室享用早餐，且看陛下的早餐食谱：“印度煎饼、半生熟蛋、椰浆饭，饮料则是拉茶。”这和我们普通人的平常早餐一模一样。新闻报道还加了一句：“毕竟是元首，所以阵仗有点大！”据说每次一来大约有五十人光顾。

虽然不能以国家元首最爱作标准，但马来西亚人一直坚持椰浆饭是自己的。我们的邻居新加坡人则认为是属于他们的。这里边有历史因素，要知道马来西亚和新加坡曾经是一个国家，所以这争论，如果要找个中间人来评定，椰浆饭到底源自哪儿？还真是叫人很为难的头痛问题。

2019 年 8 月 31 日马来西亚独立日当天，麦当劳广告语这样说，“马来西亚人和椰浆饭紧密无间”。这是说给新加坡人听的。因为 2017 年新加坡麦当劳于 8 月 9 日国庆日当天推出了椰浆饭汉堡。有些马来西亚人认为这是在盗用“我们”的菜谱。2018 年国庆月，新加坡小贩文化提名入围联合国教科文组织，其中就包括椰浆饭。马来西亚人的愤怒还未过去，2019 年，流媒体网飞

（Netflix）在制作亚洲街头美食系列节目时，镜头里的街头美食尽是来自新加坡，马来西亚缺席。

大马麦当劳为了纪念接踵而来的9月16日马来西亚日，在网站上发起请愿，征集了十万个签名，要求将椰浆饭定为马来西亚国菜。最终没有达到目的。

马来西亚人肯定要说：“无须绑定，就是我们的。”因为所有马来西亚人，不计民族，没有谁不是从小到大，都在吃椰浆饭。从小吃到大，从大吃到老，难道还能够否定吗？

关于国家大事就不在这里讨论了。我们回来说我们的椰浆饭吧。

如果要选择，我觉得妈妈亲手煮的椰浆饭就是最美味的那一包。曾经向妈妈讨教秘诀，妈妈说：“没什么，就是饭蒸熟之后，才倒入椰浆，再加一把盐，搅动。”

听完大家情不自禁笑了起来。为什么拼命要维护自己的口味就是所有人的口味呢？每个人都觉得妈妈的菜是天下美味。那就让每个人心中都有一包自己的椰浆饭吧！

以荷兰之名

到了荷兰才发现：有些日常的事，像人名一样，假如太一般，人们往往记不住。

平日吃饭时，桌上常有一盘我们叫荷兰薯的薯类，有时切大块，和同等大块的鸡肉合煮咖喱，煮好之后加入椰浆，颜色红亮，香辣诱人，往往吃到添多一碗饭而不自知。将荷兰薯切薄片和稍带油的五花肉肉片一起炒，上桌前洒点葱花，亦是色香味俱全。想喝汤时将荷兰薯切成小小四方块，再加猪肉、大葱、红萝卜、番茄，因以荷兰薯为主角，其他配料便都配合主角切小四方块一起煮汤，本来应该唤它“荷兰薯汤”的这锅汤，不知道为什么南洋人取名“ABC 汤”。有一回在香港茶餐厅吃午餐，来了这碗汤，我说：“啊！ ABC 汤。”一起午餐的香港作家有点惊讶：原来你们也叫 ABC 汤？和香港人一样呢！当我提到荷兰薯，他告诉我，香港人叫薯仔。而他在北京生活时，也喝过这汤，猪肉改为牛肉，红番茄分量较多，还加上乳酪和卷心菜，汤变得浓郁些，味道多了酸甜，名字却是罗宋汤，也有人叫俄罗斯汤。

我不晓得俄罗斯人喝不喝这个汤，这里且把俄罗斯放一边，人到了荷兰，要说的是荷兰薯。荷兰薯这名字我从小就知道，叫了好多年，一直到后来，在北京听地陪说今天午餐有炒土豆丝的时候，以为拿出来的应该是一盘花生，头脑迟钝根本没想到：花生够切成一盘丝么？南洋人说闽南话，土豆即花生。我爱吃花生，所以特别期待这道菜。谁知出现的居然是一盘切细条的荷兰薯丝。地陪过来指着它说，今天大家来到北京，就尝尝北京风味的家常菜。

北京人不接受荷兰薯，坚持“从小到大我们叫它土豆”。我微笑不争辩。你的土豆我的荷兰薯，都是同样的东西。玫瑰不叫玫瑰，一样馨香好看。

奇怪的是，为什么是荷兰薯呢？难道这薯来自荷兰吗？如果是的，那么荷兰豆一定也是荷兰生产。去到荷兰，问朋友，荷兰人抓抓头，没有听过呀！他说倒有一种豆叫中国豆。他带我去超市看中国豆，吃惊的是，长相一模一样，正是南洋人口中的荷兰豆呀！

原来荷兰豆的原产地是中国西南边陲以南的泰缅边境，难怪荷兰人叫它中国豆。为什么离荷兰十万八千里的中国豆会走到荷兰去的呢？这要说到17世纪去了。荷兰人拥有强大的海上舰队，中国台湾以及南海不少岛屿，包括马来西亚的马六甲都曾经是荷兰殖民地。缺乏陆路和航空交通的年代，东西方贸易交流靠的是海路。荷兰人素有“海上马车夫”之称，所到之处，皆是货物进出口之地。荷兰人把这绿色的豌豆带到荷兰，故在荷兰有中国豆之名。当荷兰人的舰队继续往南，顺便把豌豆带到南洋时，南洋人“名正言顺”叫它荷兰豆。这个时候，中国东南沿海一带的闽南、潮汕人又从南洋把豌豆带回乡，来自故乡的中国豆，兜兜转转回归家乡后，就变成了进口的“荷兰豆”。

一枚小小豌豆的移民史，和人类的移民史竟然如此相似。这里来那里去，那里来又这里去，最后只有名字不一样。豌豆还是那个豌豆。

一如荷兰煎饼。

未到荷兰之前，我们每年春节都要制作年糕，包括荷兰饼。自懂事以来，春节之前的某一天，我总会看着妈妈磨米，把米浆和椰浆加糖和鸡蛋搅匀，继而把炭火炉摆好，一支支荷兰饼模抹油搁在火炉上，待饼模在炭火上烧到足够热度，打开淋一勺米浆，再往炉上搁，闻到香味时，用小刀刮掉模边略黄的饼屑，打开来，拉出一块黄金色泽，气味香甜的圆圆荷兰饼，趁着还软的时候快手快脚折成三角形，便是美味可口的荷兰饼了。

南洋人还把荷兰饼叫情书饼。这不仅由于它的香甜，还因为从前人以信纸写信，信写好便折起来，具有浪漫想象力的文人自然就把烤好折起来的荷兰饼比喻为情书样的饼。

春节期间的情书饼，是送礼佳品，尤其是

家里自制的，还有爱吃的人说：“没有情书饼的春节，不算是过年呢！”

到了荷兰，理所当然寻觅情书饼，它原名荷兰饼呀！晚饭后喝着红酒聊天时听我形容半天，荷兰的刘总说“明白了”。隔日他特别托荷兰籍朋友彼得买来住家式纯手工的荷兰焦糖煎饼。荷兰人的吃法是配不加糖的热咖啡或红茶，才能吃到焦糖的浓郁香味，外脆内酥并带着甜蜜奶香的荷兰煎饼和南洋薄脆的椰浆荷兰饼，一厚一薄，一有奶一有椰浆，也属于迂回辗转移民史的一部分。

说过吃的，提起喝的时候，手上捧着酒杯喝红酒，问的却是荷兰水。十几年前一个南洋朋友说他的老父亲死前的愿望，是想要喝一大杯荷兰水。荷兰人刘总大吃一惊，是什么东西这么好喝？已经是荷兰第三代人的他，却没听过荷兰水。

我趁机卖弄一下。荷兰生产的汽水，进口到南洋，那么遥远地从欧洲到东南亚的荷兰水，价钱昂贵是一定的。南洋朋友说父亲童年时期最盼望过年，因为只有过年期间，家里才有荷兰水。奢侈的荷兰水因此是快乐幸福的象征。

荷兰回来以后，上网搜索，原来把汽水称荷兰水的始祖竟然是中国人。清朝吴语小说《海上花列传》里提到“……夏天……吃点荷兰水，自然清爽无事”。还有一首词：“荷兰冰水最清凉，夏日炎炎竞爱尝。中有柠檬收敛物，涤烦祛秽代琼浆。”1876 年葛元煦撰著的《沪游杂记》写道：“夏令有荷兰水，柠檬水，系机器灌水与汽入于瓶中，开时，其塞爆出，慎防弹中面目。随到随饮，可解散暑气。”

这样说来，荷兰水也是海上移民史的一员呢！

下次到荷兰，再找一找，还有什么是以荷兰之名成为移民的。

茶之必要

家里一直有喝茶习惯。每日清早冲一大壶，搁着，随时倒一杯，一日都在喝茶。同时，也有一大壶咖啡，什么时候想喝咖啡了，就倒一杯。目的是喝，茶与咖啡都当开水一般，作用是解渴多于品味。茶没添加调味，是原来的味道，尚未经过岁月加工洗礼的人不懂欣赏。加糖的咖啡入口是甜的，因此受小孩欢迎。往往一壶咖啡半天就喝完，茶到晚上还在喝。那个年代，纯朴到没听过茶叶不可浸泡过久，也不晓得茶与咖啡对睡眠产生的不良影响。无忧无虑的童年时期，不管几点，茶和咖啡照喝，夜里躺在床上，哪有失眠这回事？喝什么都照样无梦无想，一觉到天亮。

不懂茶的好处，或坏处。更不知道茶的名

称，平常泡的茶，是在巷子口那小小的杂货店买的，称斤卖，一次一大包，每天冲一壶，也很快喝完。有时候见到家中也有小包装茶，一次冲泡用一包，那米白色的包装纸上以红字写着“集泉茶庄铁罗汉”，后来才知道这是由创建于清朝乾隆年间的惠安茶厂出品。那铁罗汉可是原籍惠安的父母心目中的神茶，要特别收藏。需待家里谁伤风感冒、天热中暑、消化不良，才拿出一小包来，用滚烫热水冲下，小小的壶，杯盖盖上，闷它五到八分钟，打开一看，黑褐色的茶汤，趁热一口喝下，苦苦的味道，再冲个三五遍，浓郁的茶汤逐渐变淡褐色，仍继续喝，这样一包茶叶，冲三五次，茶汤颜色益淡，味道已经不是茶而像开水也照喝，可病就好了。不必看医生，不用吃药，“铁罗汉”因此珍贵无比。一回读书“《神农本草》里说：‘神农尝百草，日遇七十二毒，得茶而解之。’其实，茶也是药，药也是茶，二者本来没有区别，只是后来人偏重于作饮料而忘记茶也是药，但实际上喝茶也就同时具有药的医疗和保健作用”。然而在海外的我们是在无意识下喝茶。解渴的粗茶一直喝到20世纪80年代末，才日渐接受西洋红茶。在成长的过程中，同学和朋友们相约喝茶是常有的事，可我们这里的下午茶，说是喝茶，事实上更多时候是喝咖啡。1957年马来亚独立，英国殖民政府的人走得七七八八，其余小部分留下，同时留下的还有他们的下午茶习惯。约会的朋友总说：走走走，去喝茶。等真的到了茶室，坐下来，一人一杯咖啡，有的加糖有的加奶，有的层次更高，喝什么也不加的黑咖啡。一如这里的茶室，名称叫茶室，提供客人的是西洋红茶和咖啡。

加奶的西洋热红茶也曾经一度颇得我心，味道香滑得叫人来不及待凉，喝多了嫌它过于甜腻，但仍喜爱茶的清香，于是改喝蜜糖红茶。蜜糖的清甜不抢红茶的香，我喜欢清心的感觉，很长时间每个下午来一杯红茶。

英国人喝茶历史有三百多年，似乎也不算短，认真说起来没法和中国相比，可是迷茶的人倒也不少。18世纪的文学家塞缪尔·约翰逊在文章里自认“与茶为伴欢娱黄昏，与茶为伴抚慰良宵，与茶为伴迎接晨曦。典型顽固不化的茶鬼”。爱酒的人自比酒鬼，迷茶的他自喻茶鬼。英国有首民谣，把下午茶的重要唱得一清二楚：“当时钟敲响四下时，世上的一切瞬间为茶而停。”英国人爱茶成痴，但是开始把下午茶习惯带到英国的是葡萄牙公主凯瑟琳。她在 1662 年嫁给英王查理二世，陪嫁品竟然是 221 磅的红茶和精美的中国茶具。这嫁妆名贵之极，因为在不种茶的英国，那个年代，红茶的价值堪比银子呢。真正推广英式下午茶是在 19 世纪 40 年代，一位名叫安娜玛丽亚的女伯爵，每天下午泡壶红茶，吃些点心，并邀请友人前来共享。那些富豪家的妇女享用过午餐后无所事事，社交晚餐要晚上八点才开始，于是，她们纷纷仿效安娜，选择在下午四点喝杯奶茶，来些配茶的小点心，再配上东家的长和西家的短，打发无聊时光；也有品味层次高些的，在喝茶时间说诗歌谈小说或听听音乐欣赏绘画，享受轻松而有情趣的优雅生活，下午茶时光就这样在英国的上流社会流行起来。

槟城的下午茶时间亦是四点，选择多种多类。平民式的到咖啡店叫来一杯咖啡或奶茶，然后两片烤面包，涂抹牛油和加椰（由椰浆和鸡蛋加糖炖成，等同英国人的果酱），也有高级的去酒店餐厅吃“high tea”茶点，时间是下午两点至五点。这里的茶点有茶有咖啡，小点心选择多样，有咸有甜，各类三明治、各式小蛋糕、小面包和比萨，还加本地特色的炒米粉、椰浆饭、印度飞饼等，由人自选心目中的美味点心，有些忙人来不及午餐，把这下午茶当正餐亦可吃饱。后来流行英式下午茶，购物商场里边的咖啡厅把小店布置得叫人感觉置身英国或法国，碎花布桌面，桌上插鲜花，洋气的壁饰，精致的茶具，侍者双手捧来三层的点心盘。底下一层是各式三明治，中间层是传统英式小饼和司空饼加果酱和牛油，最高一层是几种小蛋糕和水果塔。吃英式小点心的下午茶很有讲究，先吃底下层的咸点心，再吃第二层的饼干，最后才是甜点小蛋糕。有人很享受这精致下午茶，甚至为这下午茶时光换一套盛装。因此可以看到，装饰浪漫的咖啡厅，精心打扮的客人，悄声说话，细细笑声，小口喝茶，小口吃点心，享受闲情逸致的感觉多过满足口欲的吃喝。

英式下午茶满足了受英文教育的人，他们可能有回到祖家喝茶的感觉。受华文教育者，对中国茶却情有独钟。曾经看过英国著名诗人拜伦的诗句里写“你还在心情忧郁吗？那就去喝中国茶吧”。可见中国茶同样有抚慰心灵的作用。林语堂也说过意思相同的话，“只要有一只茶壶，中国人到哪儿都是快乐的”。

从小跟着祖辈喝惯粗茶，不觉什么不好，一边喝着，心底里告诉自己，这是来自中国的茶，就有一种心满意足，也不苛求味道，一直到遇见懂得茶道的朋友。

喝茶原来不是那么简单，清早冲泡一壶，口渴了倒一杯来喝。真正要喝茶，需要一道又一道的程序。先选茶，再选茶壶茶杯，然后还要继续选，看什么茶叶用什么水，煮开后，还要注意水的温度。不同的茶叶以不同水温，冲泡的方法和时间也有讲究，那样花时费神泡出来的一杯茶，不许一口饮下，先观其色，察其形，再闻其香，然后“一杯茶分三口，第一口试茶温，第二口品茶香，第三口才是饮茶”。恍然大悟之余，也明白了这一路来的喝茶，因喜欢热茶，往往一饮而尽，这本来含有欣赏主人的茶的意思，真正品茶人却笑说“你这叫牛饮”。

只好微笑，这么多年像牛一样饮茶，还敢大声告诉人家“我爱喝茶”。谦虚的人从此用心学习。每次喝茶，都搞一趟仪式，无比神圣地专心泡茶，专心喝茶。讲究的不仅是茶叶和茶具，我越来越入迷于如何更上一层楼的精致，才能让茶道达到最高境界，最后还提升到场地、气氛和一起喝茶的人。自认应该得要过上“谈笑有鸿儒，往来无白丁”的喝茶生活才叫高雅，于是，一边喝茶，一边和茶友把佛、儒、道、诗词、绘画、音乐、哲学等作为交流的内容。长期下来，感觉自己把喝茶这回事当成艺术来看待也很好，尽心享受喝茶的意境之美，全情陶醉在茶水的韵味之中，吸收了茶友的修养和学问。提高喝茶的层次等于提升个人的文化品位，不能不承认这一段喝茶日子我确实从茶道中学会了不少茶叶和其他方面的知识。

生命中的变数有时候非个人能够掌握，意外的意思是意料不到的事情发生，突然地，茶道从此停留在北方，停在这里。

搬迁的时候尚带有期待，后来终于明白憧憬就是永远无法实现的幻梦。换了一个地方，换了一批朋友，也还喝茶，只不过变成自己一个人冲泡，一个人喝。也许之前投入过甚，用完了心思，后来不求甚解地喝茶，就像不知道这音乐是谁写的，谁弹的，但听着就是好听一样，不知茶的名，也喝了不少味道好的茶。

之前因为爱茶，朋友们都听说了，结果见面时纷纷送茶来。红茶、绿茶、青茶、黑茶、白茶，家里都有，本来味道就很好的茶，加入朋友愿意分享的相赠情意，有人问我平常都喝什么茶，我把这些增添了友情的茶，全部命名为“情意茶”。

每天都浮沉在情意茶之间的我，深刻地感

受到我的幸福，也深刻地感受周作人喝茶“得半日闲，抵十年尘梦”的喜悦。茶的味道虽淡，却可以清心。忙碌一个早上以后，给自己泡壶热茶，坐下来，拿本好书，开始读书喝茶。时光即时变得恬静，缓慢，自在。不再苦苦追究茶的名，不再表演般地去做泡茶的仪式，就是简简单单地泡茶，喝茶。

喝茶，喝的其实是悠闲和从容的心情，而悠闲和从容，是进入自己的心的一把钥匙。

元宵的汤圆

小时候对节日的盼望，其实是对吃的渴望。贪吃的儿童最幸福的感觉是：几乎农历的每个月都有一个节日，而且都会特别庆祝一下，庆祝的最关键，就是以各种各类的名目，制作花样繁多的吃喝，大小不计，大有大吃，小有小食，唯有满足了舌尖上的需求，才足以让节日更加成功圆满。

华人无论在哪儿落脚，中华文化里的节日必定随身携带，且不可忽略，大家时不时都呼吁，传统文化要维护，要传承。单是喊口号，缺乏实质行动，没什么用途，然而，由于佳节有食物，故而不必担心被忘却。

古人留下“民以食为天”的名言，后人遵守奉行。听着仿佛华人是好吃的民族。考古学家张光直说："很少有别的文化像中国文化那样，以食物为取向，而且这种取向似乎与中国文化一样古老。"特殊意义的食物，形成节日代代相传的力量。

历史悠久的中华文化，在不同的节日，根据季节气候、身体需要，吃不一样的食物。纵然以吃喝为主题，却不仅是为了吃饱，往往超越果腹的需求，生命价值的追求是以健康长寿为目的。从中亦见到中国人对食物的讲究，不仅精心选材，细致搭配，还对其中包含的营养做出研究，并加入中国特有的文化意义。

节日的食物里蕴藏着社会的礼俗、人们的信仰和对神明虔诚祭祀的文化环节。然而稚龄小孩什么也不懂，念念想想只是吃，所以最讨小孩欢心的就是农历正月。从初一到十五，应该说是还未踏入正月初一，自岁杪的冬至开始，人们便不停地为一个又一个接连而来的佳节准备吃的，一直吃到十五元宵日。

二十四节气中最为人知的"冬至"，说的是冬天到了，接下去白昼一天比一天长，阳气回升，是一个节气循环的开始，所以成为应该特别庆贺的吉日。台湾投资商开在南洋的工厂，冬至甚至还放一天假，可能是依随《后汉书》的记载："冬至前后，君子安身静体，百官绝事，不听政。"就连朝廷也下令放假呢！南洋华人冬至吃汤圆。汤圆寓意团圆，是吉利的象征。这风俗从中国闽南传到马来西亚。冬至前一天晚上，家家户户的妇女都忙着搓汤圆。以糯米搓出来的汤圆是白色的，为了加强节日气氛，还将火龙果加入粉团，揉出红色，另一团则添加红萝卜，成为橙色，青色是香味浓郁的香草汁，为有黄色还加入番薯，紫色汤圆是粉团添紫薯。七彩汤圆煮出南洋情调的甜汤，又香又甜的汤圆是对春节的热烈期盼。

冬至一定有汤圆，过年同样也吃汤圆，我问过妈妈，她说："冬至大过年呀！"后来我在看《东京梦华录》时才明白有多大："京师最重此节，虽至贫者，一年之间，积累假借，至此日更易新衣，备办饮食，享祀先祖。官放关扑，庆贺往来，一如年节。"祭祖的习俗流传至今，并流传到海外。祭拜祖先的桌上，摆满烧鸡、烧鸭、烧肉，炸鱼、炸虾、炸猪脚，都是比平日更豪奢的大菜，看着和春节的吃食没大差别。

虽然如此，氛围还是有所不同。春节前夕的年夜饭，都称团年饭，冬至来不及回家团圆的人，除夕的团圆饭一定不可缺席。寓意团圆的汤圆之外，每一样年菜都蕴含着人们对来年的期盼。妈妈会在吃饭时给全家人说明她每一道菜里的含义。饭桌上有鸡是“吉利，有计”。“发菜蚝豉”就是“发财好市”，白灼虾或炸虾，都是“笑哈哈”，一年里开开心心。生菜肯定必备，“生财”大家都要。腐竹更是“富足”之音，非吃不可。年夜饭桌上那尾鱼，已经是家喻户晓的“年年有鱼”，不必再多解释。炒青菜里加细长的粉丝，这就是“绵绵不断，长生不老”。翠绿的芹菜是为了让小孩吃过以后，一年“勤勤快快”。最后一定附加一碗甜汤。这甜蜜蜜的汤里有红枣，表示“年年好”，有桂圆，取“富贵吉祥，圆圆美美”之意，还有莲子，带有自强的寓意。妈妈还喜欢加鹌鹑蛋一起煮，原来是

"腰缠万贯"的意思。

除夕的鱼和饭都不许吃光，留下是为了"年年有余，天天有饭"。初一家里习惯吃素，非吃不可的是一碗有香菇、鸡蛋和生菜的面线。面线又叫长寿面，寓意"长命百岁"。初二的开年饭为了来年的"五谷丰登、风调雨顺"，还是得丰盛些。鸡、鸭、猪、鱼、虾都一起登场，只是煮法略有不同。中华烹饪方法变化无穷，同样的食材可以变成不同的风味。鸡可白斩鸡，也可咖喱鸡，不要烧鸭和烤鸭，那就芋头煮鸭汤，猪蹄可以炖猪肚变成汤，也可以加酱油、麻油和香料，熬煮为香喷喷的南洋娘惹式仁当[1]的味道。鱼要煮酸辣，因为初二的鱼，肯定是除夕前买来冷藏的，不够新鲜的鱼不清蒸。虾也是一样，白灼需要最新鲜，那就腌上黄姜油炸吧。快乐的日子过得快，眨眼来到福建人最重视的天公诞。初八深夜开始祭拜仪式，延续到初九凌晨。祭品当然是鸡、鸭、鱼、虾和水

---

① 仁当：仁当是一种源自印尼的美食，由牛肉和各种香料烹饪而成。

果糕饼，最有代表性的是烧猪和甘蔗。传说明朝倭寇在福建沿海一带作乱，乡民深夜逃难，眼看就要被追上，幸好遇到一片甘蔗林，大家躲进林中逃过一劫。那天正是大年初九，后来为了答谢救命之恩，每年初九凌晨祭拜天公定要有甘蔗。

来到元宵节，风俗规定要吃的还是汤圆，甚至把汤圆就叫元宵。长大以后不吃甜的人，现在回忆，真不敢相信童年时看到甜食就垂涎。从冬至到除夕，到初一的开年，再到十五元宵，年快过完了，仍以一碗汤圆画下新春佳节的句点。甜是美好、喜悦、幸福的象征。

童年回忆也是。

把春天卷起来

后来，我猜，是因为这一句“把春天卷起来”让我爱上春卷。不用怀疑不用揣测，一定就是这样。这么美妙的描述不必睁开眼睛看，只要在脑海里想象就出现的愉悦感觉，让我每一回吃春卷都忘记数数。

看见我的身材就知道我是怕死的人。有人以为我怕肥，这个猜错了，我不是猪，猪才怕肥，我是怕死，所以每一餐不会忘记斤斤计较饭菜里的卡路里。这样爱算计的人通常吃得不多。当我的头脑告诉我足够了，即刻我便停下手上的筷子，无论看起来多么可口的食物，绝对不会多吃一口。后来医生朋友告诉我：“从胃感觉饱，到大脑觉得饱，中间有二十分钟的时差。”听到这话以后，我多数时候没吃饱就停下。记者访问我国新上任的老首相马哈迪医生，问他九十二岁的人怎么样保持长寿，头脑清楚，而且看起来年轻，他回答有几样要特别注意，其中一项是“不要吃太饱”。

原来我早就知道不应该吃太饱！我稍稍得意了。但是，一旦桌子上出现春卷，如果你是第一次和我一起吃饭，你就会误会，以上一大段我说自己吃得少是在说谎。

我搬过九次家，不是爱流浪，是无奈。其中有一次最舍不得。那里的邻居超会做春卷。最关键的当然是他一做好，马上送到我家来睦邻，然后用期待的眼神等待我的评语。许多朋友爱猪蹄膀，爱炸鸡，爱排骨，爱松鼠鱼，爱烤鸭，甚至还有爱狗肉，爱驴肉的，这些朋友我仍把他们当朋友，只是肉类不是我的首选；春卷对我而言，才是天下最美味的佳肴。当邻居听到我的赞赏以后，每一回他家饭桌上有春卷，我们家饭桌他也不会漏掉。

这个让我一直叫春卷的东西，在超会做春卷的朋友口里名叫“薄饼”。有一回我一边吃一边问他，为什么你的薄饼这么好吃？他微微笑，说这里边的馅料一共有十多种，包括：豆芽、豆干切小块、蛋饼切丝、红萝卜切丝、沙葛切丝、猪肉切丝、螃蟹肉、鱿鱼丝、葱切粒、芹菜切粒、虾切粒，还有花生要先炒熟，再以搅拌机搅碎等等。我点头，嘴巴没闲着，细细品味，一块饼皮里包这么多东西，难怪我一吃便停不下来！想一下，我咀得更慢了。单是洗这么多种类的菜，然后一样一样细细切丝，切好小块的豆干要先炸过，鸡蛋先煎成蛋饼，再切成丝，还得把所有内馅都先炒熟，才开始分别以饼皮包适量的馅，过后放进锅里油炸。吃的人倘若不小小口细细咀嚼慢慢品味，怎么对得起忙碌了一整天的朋友？

朋友的笑容更可掬了："通常，我花两天来做，内里的馅料前一天做好，收在冰箱，第二天才包薄饼。"哦，我知道了。用心做出来的食物，要用心品味。下次，我会吃得更慢。

叫薄饼，是因为外层是薄薄的面粉做的饼皮吧。南洋人的主食是米饭，餐桌少见面食，可能就是稀罕才对薄饼格外钟情。

在南洋吃了好多年的春卷，认识中国朋友以后，才知春卷之名源自古代民间风俗。据晋朝人周处《风土记》记载“元旦造五辛盘”，说的是将面粉制成的薄饼摊在盘中，加上五种辛味的蔬菜食用。这个被称为“春盘”的春天美食，人们不只在立春日食用，春游时也带着当野餐食物。应该就是图方便吧，菜都卷在饼里头了。唐朝杜甫的“春日春盘细生菜”，宋朝陆游的“春日春盘节物新”，一前一后在诗句里反映了当时人民的生活习俗。

“春盘”跟随时代不断产生变化，到了元代，才有油炸春卷的记录。元代记录“卷煎饼”：“摊薄煎饼，以胡桃仁、松仁、桃仁、榛仁、嫩莲肉、干柿、熟藕、银杏、熟栗、芭榄仁，以上除栗黄片切外皆细切，用蜜、糖霜和，加碎羊肉、姜末、盐、葱调和作馅，卷入煎饼，油焯过。”这看起来似甜似咸的油炸煎饼，内馅超过十种，单是想都要叫人垂涎三尺。清代《燕京岁时记·打春》说立春吃春盘又叫咬春。把春天咬在口里了。所有的春卷说法归类起来，都寓意吉祥、迎春。

一回到泉州，华侨历史博物馆的年轻人吴凯东带我到西街，给我买了薄饼，但他不叫这一卷以面皮包高丽菜丝、荷兰豆丝、胡萝卜丝、豆干丝、韭菜丝、大葱丝、鸡蛋丝、香菇丝、猪肉丝、豆芽、香菜丝、蒜苗丝等听起来像是蔬菜丝大杂烩的圆筒饼“春卷”或“薄饼”，他说这是泉州最出名的“西街润饼”。泉州的润饼故事是这样的：“据说太平天国时，兵荒马乱，遇到清明节，人们没有时间好好准备祭品，但祭祖在闽南却是重要大事，有聪明的人想出一个好办法，将所有的食物都卷进面皮里，用来祭拜祖先。”原来润饼、薄饼都是同门兄弟。

闽南很多地区都有吃薄饼（春卷）的习俗。闽南人告诉我：“传说福建的百姓为了感谢郑成功，每户人家都出一道菜来招待他。这叫郑成功为难了，为了不负百姓的厚爱，他把一张烙饼夹入每家的菜，卷起来吃。”这就是福建春卷的故事。闽南人特别喜欢在临近清明节时做春卷，因为想把海蛎也包进面饼里，海蛎最肥美且无腥味的时期正是清明节前后。爱吃海蛎的人，下次不妨选择清明时节到闽南。

去年在厦门和晓映提起爱吃薄饼，才知厦门薄饼的原乡在同安。伫足在“同安薄饼嫂”传统美食店门口，一副对联“名肴薄饼城乡交誉，小吃珍馐丰俭咸宜”说明薄饼在同安美食的地位。福建好多地方的美食，源头都在同安，传统美食之中最为称誉的薄饼，当然要到原乡品尝。当我手里捧着全桌唯一一卷由薄饼嫂吴招治亲手卷给我吃的薄饼时，那里边的味道还有亲切和感动。

一边到福建各地吃薄饼，一边收集有关薄饼的传说。到了充满文化底蕴的同安，文体局前局长张沧海老师特地过来，给我介绍了“夫人薄饼”的创始人，乃明代同安诗人李春芳的孙女蔡复一夫人也。明朝蔡复一在朝廷当官，才华横溢，屡遭奸臣陷害。奸臣在皇帝面前推举蔡复一整理及抄写朝廷里历来的文书，皇帝下令在四十九天内完成九大箱文书，否则以违抗圣旨论处。为了完成圣命，蔡复一连吃饭也没时间。幸好他有个聪明的夫人。蔡夫人李氏把面粉制成饼皮，再把各种蔬菜切细，炒成菜烩，加入香甜的油饭，卷成圆筒，送到蔡复一的嘴里，让他就餐。这样既不影响写字，又不耽搁吃饭。蔡复一终于在规定日期内完成皇帝的使命。

难怪同安薄饼内馅有油饭！张局长说这才是同安薄饼的特色呢！

不管叫“薄饼”或“春卷”，都是很好吃的传统小吃。一想到“把春天卷起来”，薄饼似乎更添美味。写到这里，好想即刻就把春天卷起来吃呀。

幸福的鲍鱼面

在脸书上看见两张照片，一张是垃圾桶里有几个鲍鱼，另一张是鲍鱼切片炒米粉。照片吸引眼珠，因为看起来似乎是“从垃圾桶里捞出鲍鱼来，切片后炒一盘米粉”。

再多看一眼，原来不是依稀仿佛，确切是真实的人生。脸书上的文字写道：“大扫除时候，找到一罐鲍鱼，仔细一看，保存期刚过，最痛心是只差一天，要是昨天找到就好。”脸书友不甘心，“好贵的鲍鱼呀！”他“把罐头打开，美美的鲍鱼看来好好的”。心里一五一十半天，最后终归不放心，忍痛将鲍鱼丢进垃圾桶。他老婆正好走来，见又美又好的鲍鱼被当成垃圾扔掉，她大喊“鲍鱼”的声调高到他妈妈也走来。在家里两个女人的叨念压力下，那几个鲍鱼最后获得重生机会。重生的意思，他这样叙述："只好把鲍鱼从垃圾桶里捞到水里，洗干净后，切成片状。当天晚上全家人一起吃着幸福的鲍鱼米粉。"

幸福的鲍鱼米粉。这句话可圈可点。

期盼一样东西太久，等待时间太长，终于到手，让人有强烈的幸福感。

鲍鱼曾是遥不可及的名贵食品，只有过年过节，通常还是在最隆重的农历新年，除夕的围炉晚上才摆上餐桌。且非一个一个出现，是切成片状，一人分得一片。入口肯定细嚼慢咽，那味道当然特别鲜嫩香甜。等得太久，量又极少，咀嚼鲍鱼的那时刻，幸福的感觉像云开见月般，格外清晰。

那是鲍鱼卖得很昂贵的年代。记得城里有一档著名的云吞面，以银丝面的香 Q，还有云吞里那异常可口的美味肉馅名闻遐迩，每次去都见到顾客排长龙，甚至有人不远千里，就等那一碗云吞面。后来有人投诉，吃一碗云吞面要十二大元。探听一下，有创意的店家为赚钱，在云吞面里加一个鲍鱼，一碗原本两元的面收费十二元。听说生意不受影响，甚多愿意吃鲍鱼的顾客前来帮衬。

鲍鱼到底有多好吃？老一辈人摇头说不仅在于味道，更珍贵的在于它的营养价值。“含有丰富的蛋白质，有较多的钙、铁、碘等”“含有丰富的维生素，尤其维生素 A，是保护皮肤健康、视力健康及加强免疫力、促进生长发育的关键营养素”“润补不上火，无胆固醇，防治高血压、糖尿病，具有养肝明目之效”。另外“还含有一种被称为‘鲍灵素’的生物活性物质，能够提高免疫力，破坏癌细胞代谢过程，提高抑瘤率却不损害机体的正常细胞，有保护机体免疫系统的作用”。完全相信鲍鱼功效的老人家喜欢吃鲍鱼，因鲍鱼“能够双向性调节血压，还能‘滋阴、平肚、固肾’，可调整肾上腺分泌”。除此之外，“鲍鱼还有调经，润燥利肠的功效，可治月经不调，大便秘结等”。看来女性更应该多吃，听中医介绍鲍鱼之好，叫人真想餐餐鲍鱼过日子。20 世纪 80 年代，我受邀到台湾开会，酒店大清早提供的自助早餐竟有鲍鱼粥。好多与会作家频频相邀去吃鲍鱼粥。我们正好遇到“台湾钱，淹脚目”的经济最好年景时期。可惜我对鲍鱼并没有特别的情意结，照样吃我的面包加咖啡。那时候真是太年轻，现在回想，可能是故意摆出一副超凡脱俗样，把自己当成是云吞面上面那粒鲍鱼。

做人还是随俗的好。起码人人都把你当朋友。脸书就有这种跟风随潮流的情况。你一 po 个什么东西上去，接下来便有人跟着你的行动行事。就在“自垃圾桶掏出鲍鱼炒米粉”事件之后，隔一天，脸书上又有一张鲍鱼即食面图片。

这位刚步入中年的脸书友，之所以煮了一碗幸福的鲍鱼即食面，非因罐头过期，而是即食面快要过期。据说老花眼在现代社会愈来愈年轻化，刚上中年的脸书友一时无法接受自己未到五十岁老花眼便来寻他相伴的事实，时常不愿意又不甘心戴老花眼镜。虽然这种行为并不能证明他还未至中年或尚未得老花眼，反而揭示了凡缺老花眼镜，一定获得老花眼反扑的报应。幸好报应是一碗有鲍鱼的即食面。话说他到菜橱里搜索到一包快过期的即食面，又找到一罐蘑菇罐头，决定煮一碗蘑菇即食面，没想到罐头一开，往锅中在煮着的即食面里一倒，煮出来的竟是一碗鲍鱼即食面。

这老花眼不戴老花眼镜的后果毫不惨烈，算是非常不错的快乐大结局。只不过，他自己有稍许悲伤，拍了照片以后把那碗鲍鱼即食面吃个精光。po 上光碗的照片，并在脸书上写，味道非常好。不过，原订计划中的蘑菇即食面泡了汤。想象中的面总是比现实中的更美味可口。他依然觉得蘑菇面应该更好吃。他没有忘记在脸书提醒自己："下次开罐头，会记得先戴老花眼镜。"

不是广告，也不鼓吹，不过，煮一碗即食面，大多时候为节省时间，要快。电子科技既让人节省时间，又让人时间老是不够用，煮食在今天，变成奢侈活动，然而为了吃饱，不得不煮的话，即食面便是最简便的选择。脸书另一友那碗即食面上边摆着六个大鲍鱼，一个个发出让人一见即垂涎的油亮亮光彩。吃即食面除省时间，同时可省钱，眼前如此豪华的即食面，还是即食面吗？照片上边说明："网上见朋友于储藏的罐头食品中找到一罐过期鲍鱼，提醒了我，新年前我也买了一罐鲍鱼！"脸书另一友没有po上他的人头照，但可想见他皱眉苦脸样子："天呀！竟然不是一罐，是两罐！"找到两罐鲍鱼本应该非常开心，脸书另一友应该也有开心的地方，因为，他一次煮一碗面，却放了两罐鲍鱼。但，"两罐都过期了！"

吃着幸福的过期鲍鱼即食面的感觉，他没写成文字版，但给我们看一张笑眯眯的吃面照片，有一张是筷子夹着一个一看就很货真价实的鲍鱼，意思是很大个又很美丽。

为什么所有昂贵物品，包括食物，都要留到过期以后才拿出来用或吃？大多人有一种心态，叫舍不得。太好太贵，舍不得用，过于珍惜，宝爱过头，等到拿出来，已经过期，才来后悔。失去后才懂得珍惜，这时再怎么急起直追，也只好吃过期的鲍鱼面。这样的幸福，有点可笑。人生最大的悲伤原来不是得不到，而是舍不得。从前读过文字：“买了新衣舍不得穿，留着过时了，精美的食物舍不得吃，过期只能扔掉，手里有钱舍不得去旅游，有一天想去，已经走不动。”我们都明白“物尽其用”那物才有价值，却让舍不得变成一种浪费，浪费了“它”的同时，也浪费了自己。

幸福的鲍鱼炒米粉，幸福的鲍鱼面，都要，但要记得，不要过期的。

用筷子吃饭

中国来的朋友，看见在南洋的我们吃饭，有时用筷子汤匙，有时又使匙叉，觉得“好神奇”，因为无论中式西式，“你们吃起来都非常自如”。他不晓得南洋人还有一个本领，就是吃西餐的大块肉，完全无需刀叉，直接将匙叉当刀叉使用，丝毫不影响美味和方便。我带他去德国餐厅吃德国猪脚时，他先瞪大眼睛，然后大笑喝彩，“你们匙叉技术也未免太高超了”。我却对他用筷子也能够把他自己盘里的猪脚、德国泡菜、沙拉青菜包括豆子和玉米等吃个精光佩服不已。

生活琐事上，早已习惯中西文化交融形态的我们，对此并没特别感觉。平日在家吃饭，如用盘子，就摆上匙叉，用碗吃饭时很自然便取来筷子、汤匙搭配。华人家庭的厨房，家家户户必备碗筷，是很自然的事。

朋友想一想又问，有无特别规定什么时候用碗和筷子吃饭呢?

生活习惯是多年培养下来的，因此我极少注意，经此一问才认真思索。

农历大节日，家里必摆碗筷用餐。印象中吃大餐时总是用碗和筷子。就像圆桌是团圆的象征一样，当圆圆大桌上围满小碗和筷子时，就是一家团圆的日子。筷子和大节日便画上等号。

朋友对我的回答并不满意，他点醒我，每次到外边吃小吃，炒粿条、福建面、粿条汤、云吞面等等，都是用筷子的呀!

可不是吗?哈哈，回答以后，我自己笑了出来。生活小事，没人特别突出时，也就不曾注意，当有人刻意询问，脑子即时往难处去想，把家居生活里几乎每天都在用筷子吃东西的事，完全忽略了!

朋友的提醒，让我往更深里挖掘。其实从我小时候到今天，妈妈每一餐都是用碗筷吃饭。

还有对于许多朋友家里的长辈来说，用碗筷吃饭很常见。槟城阅书报社暨孙中山纪念馆馆长拿督庄耿康几次请我们到他家用餐，我看见他家小小年纪的孙子用筷子的纯熟度，自叹不如。

叫中国朋友着迷的槟城小食，就在路旁，卖的是美国有线电视新闻网站选出来的亚洲最佳小食，比如味道独特的鱼汤拉沙、源自中国福建同安的虾面、娘惹式的椰浆咖喱面汤、猪大骨炖清汤的潮州粿条、没有猪肉的猪肠粉，每一样都是“不筷子”不好吃，结果街头巷尾都会看见就连印度人用筷子也像他们说闽南话那样熟练，还有在槟城久住的洋人，虽然拿筷子的方式不如他们拿刀叉一样正确，却也可以用筷子吃出浓醇香辣的南洋味道。

南洋的魅力蕴藏在文化的多元里，丰富了我们的生活，单是饮食一项就让我们三餐有三大民族特色，往往一餐里就有华人东坡肉、马来人空心菜炒三巴辣椒酱、印度咖喱鱼等等，没人在乎这叫什么餐。每天用筷子吃东西亦是生活常态，无人强调。到西餐厅，刀叉上桌，吃马来餐时，餐厅设想周到，往往给不习惯用手吃饭的人准备了汤匙和刀叉，印度餐厅也一样为顾客着想，同等款待。马来餐厅多用盘子，有些印度餐厅还非常传统以香蕉叶当盘子。侍者给顾客盛饭、盛菜，鱼或肉等，直接摆在香蕉叶上，开动前，侍者再拿来一盆水，水里浮着半个桔子或数片柠檬，洗过手以后，就在蕉叶上用手抓饭吃。相信没有谁在那个当儿思考，用手吃饭是印度文化？马来文化？或是土著文化？

挑起这个课题的是马来西亚前首相马哈蒂尔。他在最新出版的书中指出华人很难融入当地社区的原因是用筷子吃饭。他同时认为华人应该摒除华族的习俗，比如用筷子吃饭。我们不知道承载着中华文化的筷子到底怎么样得罪了马哈蒂尔，但是马上有网友包括前前任首相纳吉上传好几张照片，是马哈蒂尔在某年华族农历新年时拍摄的，他高高举起筷子在捞生，筷子技术看来相当高超。马哈蒂尔建议华人应当向马来人看齐，用手吃饭。他一定不知道，春秋战国之前，中国人是用手抓饭吃的。到了战国，才开始勺子和筷子并用，一直到唐代，筷子成为中国人吃饭的首选工具。因为儒家思想传达的孔子饮食观念“食不厌精，脍不厌细”，切小块的肉，用筷子夹起来最方便。另外原产于西亚的小麦，在汉朝时进入中原，面食开始成为中国北方人的主食，用筷子吃面条再适当也没有了。中国人的烹饪方法，菜肴喜欢煮、炒、蒸，再加上爱吃热菜的习惯，筷子变成中国人的吃饭工具。这甚至影响到邻近的日本和韩国，虽然外貌略有不同，但基础上仍是筷子。

当马哈蒂尔建议华人应当丢掉筷子时，他可能没有读过这段历史：“中国很早就已经使用餐具，用勺子的历史大概有八千年，用叉子的历史约四千年，用筷子的时间上限还不确定，但至少已有三千年历史，餐叉直到战国时仍在用，河南洛阳的战国墓葬曾出土捆成一捆的五十一枚餐叉。战国以后，餐叉可能被淘汰了，记载和实物较少出现。勺子和筷子在先秦时的分工很明确，勺子用来吃饭，筷子用来吃羹里头的菜。”这说明刀叉因无法满足中餐对烹饪和食材的开发而早早被淘汰了。来到2022年的今天，叫华人又回到用手抓饭的春秋时代，那么这几千年的文化路不是白走了吗？

用手或筷子，应该是每个人的自由。

生活在多元文化的马来西亚人真幸福，用筷子、匙叉或刀叉，或手，都已经融入生活，成为生活的一部分。文化的差异性，固然会造成误解与冲突，却也是文化的多元，让人们学会尊重与宽容。每种文化都有其独立性，也有权利保持这种独立性。尊重文化多元性，促进不同文明和谐相处，具有带动社会融合的力量。生活在马来西亚的各族群，都愿意尊重和包容，文化互相融合，这形成南洋独特的文化。这份多姿多彩的和而不同之美，为我们赢得全世界的掌声。

原来是蝉

同行的中国作家说，那是蝉的鸣叫声。

在海外，我们对蝉的认识极其肤浅。

第一次听到“蝉”，是在你做梦也想不到的地方，那是我常去的，一家在槟城古迹区的中药店。

海外流行西医没错，可许多华人对中药仍有深厚情意结，尤其后来验证了服用中药是一边治疗一边调养，不像西药，几颗丸子吞下去，病“似乎”立马消除，可是后遗症一定跟在后边来。个人体会是吃了消炎药的反应惨过生病：精神不济恹恹欲睡、胃口不良胸口郁闷。单这两项已经感觉受不了，所以本人是中药强力拥护者。

我告诉中医师，喉咙不舒服已经快一个礼

拜，还可以说话，但声音出来的时候，又沙又哑，这两天更有越来越严重的倾向。熟悉的中年女中医师开玩笑说："那你是快失声了！"我大力点头同意她，为了避免恶化尽可能少用嗓子不开口说话。来找中医师之前，我也喝过不同凉茶档的，添加很苦很苦药粉的凉茶（凉茶档主总不忘记提醒一句谚语："良药苦口利于病呀！"是在安慰喝了凉茶一脸苦瓜样的消费者），以前几次就是凉茶治好的喉咙发炎，这一回情况比较严重。中年女医师以所有中西医生都一致采用的"画符书法"（意思是除了他们自己和抓药的小弟及护士之外，没其他人看得懂）很快开了一个药方，我也没仔细看（完全了解自己的水平达不到医生的程度），拿着药方单子转过身，请药店小弟帮忙抓药。

只见小弟非常熟练地打开一格一格的木制抽屉，从上面格抓一点什么，又自底下格抓一点什么。我看着桌上的米黄色包装纸，抓出来放在里头的都是各种干枯碎叶子，还有切条状的也同样不知道是什么树的树枝树干，外加几朵干花，通常中药就这种面貌，各种树干树枝叶子和花等等，然后全部倒进一个药煲，加入两碗或三碗（这个很有讲究哦，必须听从医师指示）清水慢火煮成一碗。中医师最喜欢的建议是：八分满，趁热喝下。有的病还要病人喝完以后把自己闷在被单里出汗，过后，良好效果便出来了。米黄色纸上的中药“脸孔”本来看着熟悉，突然小弟抓了一只昆虫放在中间。这只混在里头的昆虫长相和蟑螂非常相似。

本来声音就沙哑的我声音颤抖地问：“这，这是什么？”

我平常不爱小题大做，也讨厌大惊小怪，但生平最害怕的昆虫就是蟑螂。它们身上有一股叫人受不了的臭味。偶尔“幸运”会在书房或厨房遇见它，传说中蟑螂是打不死的，但总没有机会试一试。因为一见到它们，很自然便惊慌大叫，那声音太高昂，音波尖利得把蟑螂吓得来不及看嘶喊的人，就张皇跑掉了。蟑螂和我没有深仇大恨，这样“以貌取人”实在不应该，然而有些事情也没办法用道理解释，就像你喜欢或讨厌一个人，真的找不到原因。不然也不会有“死得不明不白”这样的句子了。

“我只是喉咙发炎，声音沙哑，为什么给我一只蟑螂呢？”紧张和恐惧让我忘记我的发声是沙哑的。抓药小弟轻飘飘地回答“不是蟑螂”，他还又一次抓起那只昆虫给我看：“这是蝉。”

所以，和蝉的首次见面，是没有声音的。

我和蝉，在彼此“鸦雀无声”的情况下相遇，听起来似乎很浪漫，但你要明白，声音沙哑是欲告无门的，因为不能说我很痛苦，这太夸张，况且说什么声音也发不出来，发不出声音不是愉快的事。

幸好有神奇的中药。我把这一包混合干了的树枝、叶子和花，还有一只蝉的中药，带回家用药煲煎煮。这药煲专门用来煎中药，是土制的，用的时候需要非常小心，一不小心掉了一定破碎，毫无商量余地。它的设计非常奇怪，把手和药煲嘴不是像茶壶一样，在一条直线上，而是在同一侧，因此倒药汤时要特别注意，不然就烫到手了。如果是我妈妈用，她迷信煎药非得放在火炭上煲，懒惰的我为省时省工夫，直接放在煤气炉上，开最小的火煲它一个小时，倒出来时八分满，热热的药汤，一口一口慢慢喝下，肚子温热的感觉很好。第二天，沙哑的嗓子果然开声了。我记得那帖药的费用，在那个时候是两令吉五十仙（两块半马币）。太便宜反而难忘。花那么少的钱，获得那么大的效果。

我爱中药，是真的。我爱蝉，也是真的。因为后来只要喉咙一沙哑，我就拿这有着一只蝉的药方去抓药，每一次莫不药到病除，百发百中。

可是我完全不知道，原来蝉的聒噪是有这么巨大力量的。

这回到福建漳州的采风，安排的路线是沿着海岸线走，但只要有树的地方，蝉鸣就来相迎。如果要用形容词，以下的词语全部都适合：铺天盖地、无时无刻、没有中断、一直不停、声嘶力竭。起初我以为自己怎么耳鸣得如此严重。终于明白以前读小说时，一个作家写“他的耳朵里养了一只蝉”是怎么一回事。

同行作家对蝉很了解。“一般雌蝉是不出声

的，会发声的是雄蝉。”“雄蝉的鸣声特别响亮是因为它在腹部有个发音器，像蒙上一层鼓膜的大鼓。鼓膜受到振动便发出声音，雄蝉的鸣肌每一秒伸缩达一万次，盖板和鼓膜中间是空的，起共鸣作用时，便发出声音。”作家说到这里时我还当成听故事。接下去的故事让我惊讶，原来雄蝉不停唱歌的原因，竟然是引诱雌蝉来交配。“蝉，分七年蝉、十三年蝉和十七年蝉。”作家说到这里，我不禁认真倾听。“蝉生命中的大部分时间是生活在地下的幼虫状态，要到生命最后一个月左右才钻出地表羽化成虫。所以传宗接代就成为它们唯一的目标。”

蝉的生命循环就是蛰伏在地下六年（或十三年或十七年），不断蜕皮，生命的最后一个月钻出地表，羽化成蝉虫，交配、产卵，随即死亡。人们歌颂蝉是“大自然的歌手”“昆虫音乐家”，原来它在那么短的时间，必须完成一生的任务，所以不得不用高达一百分贝的声音，拼命吸引雌蝉前来交配。

既然雌蝉是哑巴蝉，那么我嗓子沙哑时服

用的中药里的那只，让我得以重新发声的应该就是雄蝉。吃药时，感动于雄蝉的牺牲，听完作家说蝉之后益发感动。即便我不吃它，仅存一个月寿命的蝉也很快就死亡，但它们照样有滋有味地完成使命，在雄蝉声嘶力竭的鸣叫声中，传达给人们的是珍惜当下的人生态度。

槟城豆沙饼

在槟城，我们去豆沙饼店制作豆沙饼。

槟城豆沙饼，有人说味道像厦门馅饼，有人说很像鼓浪屿馅饼，有人说和漳州馅饼更相似，又有人说是源自南普陀寺素馅饼。说了好几个地方，皆集中在福建。

槟城是闽南语城市，槟城人说他们讲福建话，后来台湾人来，讲同样腔调的话，台湾人说这叫闽南话，槟城人恍然大悟，原来平日的福建话应叫闽南语。槟城人把闽南一带看成整个福建（果然岛民之见。这句评语不可以是别人批评，槟城人自己讲则没问题——所谓的岛民想法）。亦见槟城闽南人之多，转一个圈看，槟城豆沙饼和福建闽南地区馅饼味道相像，也是正常。

糕饼属点心，非供吃饱。槟城生活节奏缓慢，许多游客皆冲这一点来。首次访槟的作家说，现代人浮躁是因为心浮躁。物欲横流的现实生活，各种诱惑扑面而来，若缺乏定力，很难拒绝欲望的呼唤，一不小心生活便陷入匆忙纷扰的紧张忙碌，快节奏的生活压力，繁杂的碎片化信息，让人心愈发焦灼急躁。作家爱上槟城的原因是“槟城很慢”。槟城岛内游客最爱逗留的首府乔治市，面积仅二十三平方公里，无论到哪儿皆可步行。不疾不徐用脚丈量槟城街道时，一边自在从容安心感受，一边沉淀浮躁，过滤浅薄。有人说可以到槟城来“洗心”。

慢生活的小城人对正餐不甚期待，反而三餐中间那几个点心时间让他们充满盼望。早餐和午餐之间，午餐和晚餐之间，还有一个夜宵，都是槟城人的重要享受。小住槟城几天没有变肥的客人会让槟城的主人很丢脸。点心时光来杯黑咖啡或奶茶，加几个豆沙饼或一碗小辣的虾面，或清淡粿条汤，或酸味鱼汤拉沙，若真的爱南洋风味，你会选小小一包椰浆饭。打开香蕉叶，椰浆味即时飘香，白色的饭边上几颗炒香花生，几只金黄小鱼干，半个白里透黄鸡蛋，两片绿色青瓜，有的配上几只咖喱小虾，加一匙槟城人叫“三巴”的辣椒盖在饭上，单看相貌已漂亮诱人。莫嫌那么小一包，这下午茶不是要你吃饱，而是“吃巧”。吃点心叫“吃巧”，这句俗语槟城人发挥得最好。在槟城叫来的面、米粉或饭，分量都小小。外地人来到时抗议：“你们的小食未免太小盘。”但他没有想到他自己都叫“小食”呀！赞赏好吃美味的时候，要特别注意配料比主食多。

轻视粗糙特爱精巧的槟城人制作豆沙饼，就那么小小一个，圆圆的，捏在手心正好一握，手感可以用“珠圆玉润”形容。至于口感，饼皮酥脆，豆沙为馅，味道甜中带咸，不油不腻。有人一次能吃十个，非传闻，是我亲眼看到。过后一买十二盒，放进大纸箱包装。正在诧异这么多怎么吃呀？原来是“好东西要与好朋友分享”。

我笑起来，来客到槟城，感染了槟城人爱

与人分享的心态。吃到一档可口炒粿条，非带朋友来品尝，就算大塞车，绕远路，抵达后在路边排“W”形长队伍，只为等待小小一包炒粿条，希望远方朋友尝了把槟城味道带回家。

槟城人爱吃，好吃，喜欢精致餐点。精致在于对食材的苛求和食物准备过程的精细手法。添加任何调味都必须保留原来古早味，也有不按牌理出牌，那些名字听起来同样的食品店，槟城人不上门，归类为“卖给游客的”。槟城人不屑推荐那只注重包装外表的新品牌，他们相信所有的文化包括饮食都有待时光的沉淀与打磨。

老牌子不少，这里不提名字，免误会我是打广告。各人凭自己口味选心头好。有人特爱甜，高甜度有醒脑作用，有人喜欢稍微一点咸，也有人钟情新口味，比如包三巴虾米的小辣；之前见过莲蓉为馅的豆沙饼，后来还生产过榴梿馅，大受中国人欢迎。不排斥选不同味道的朋友，这世界丰富多彩就因人人不同。有好奇心超群，格外爱尝新的人，也有不爱花俏只喜黑白，无论吃什么都坚持原味的人。既用豆沙饼这名，应是以豆沙为饼。它是槟城最著名的土特产，来过的人都会带走起码三五盒，忘记买不紧张，机场也有。槟城人很可爱，明明换了馅，但你问的话，他们会说三巴虾米豆沙饼、莲蓉豆沙饼、榴梿豆沙饼，也许不管添加什么口味，里边一定有豆沙吧？

我拿一个原味豆沙饼给站在身边的作家："你试试看。"才咬一口，她赞叹的表情和语气让我感觉遇到知音："真的很好吃！"不停点头，眼睛发出吃到可口美味食物的亮光。

在槟城，过了屈指也数不清的那么多年之后，我第一次去豆沙饼店制作豆沙饼。

一起去的朋友，是2018年第三届"世界华文作家看槟城"的来自全球各地的作家学者，有新朋也有旧友，他们全部不知道，成为作家、画家之前，我曾学习制作糕饼。正确说法是去上烹饪课。现在回想，20世纪80年代才艺班极少见。况且还要交钱，也是现在回想，费用还挺贵。那时代没什么人愿意交钱学才艺，我们家不算有钱，钱都花在学习这件事里去了。两个女儿学钢琴、小提琴、西洋长笛、二胡、中西绘画、书法，还有游泳、网球等等，曾被人嘲笑，你要你女儿变“全才”呀？我转头问女儿，你们要成十项全能？女儿一脸恐慌：我要去我要去，不去学习心里很不踏实呀！为做好榜样，妈妈也同时学绘画，学网球，外加一个年龄太小的她们无法介入的烹饪。

这份才艺班名单一公开，大家看到一个缺乏野心大志的妈妈，愿望不过好好煮几个菜，做点糕饼让两个女儿吃得开心。绘画是兴趣，一半为娱乐自己，打网球是运动，为个人健康着想，纯粹非常小我的心态。最后到底是怎么变成至今出版简体版和繁体版书超过五十部的作家，在全世界各地主办过十多次个人以及六十多次联合画展的画家？答案没惊喜，不过就凭兴趣，坚持每天阅读、写作和绘画，漫长的铺垫，终于蓄积出作品。

学烹饪挺有趣，像写作，有材料才能动手。之前得先读书做功课，原来有不同品种的洋葱、不同品种的马铃薯、不同品种的番茄等等，以不一样手法烹饪出现不一样效果和味道。假如学不成，煮不好，也算长知识了。美丽的烹饪女老师讲究美感，她家上课的厨房品位堪比五星餐厅。煮好菜肴得以适当盘子，摆得养眼，才准上桌。色香味俱全的每一堂课至今难以忘怀。学会煮菜还嫌不足，我继续学习面包及糕点，分中式西式，还有马来西亚特有的娘惹糕。这段时间发现自己拥有超强意志力和毅力，凡做得不标准，便打起精神拼命努力，女儿求情“妈妈你可以不要每天做同一类蛋糕吗”？吃了五天发不起来的蛋糕，等到蛋糕终于像蛋糕，她们已不想吃。与此同时学会什么叫“审美疲劳”。一份学费，两份领悟，就叫一石二鸟，很好的收获。

豆沙饼并非烹饪班课程功课，是个人创作。到今天我们家庭聚会派对上，妈妈时常制作她拿手的咖喱卜。从来没一个吃过的人说不好吃。这咖喱卜背后的故事，听着简单，叙述起来有点复杂。

一个家里非常有钱的女生喜欢弟弟，他们同在外国留学，在不同大学。为人低调友善的富豪女，时常到家里探望妈妈，知道妈妈喜欢烹饪及品尝美食，女生亲自做很多美食，包括咖喱卜，自己开车送来。咖喱卜是马来西亚人日常小食，人人都喜欢，很多人会做，但她特制的一层油一层水酥皮，和外头售卖的不一样，入口香、脆、酥的饼皮，加上独有香料调制的咖喱肉碎和马铃薯块内馅，不只饼皮可口，馅料也异常美味。听妈妈赞美，她把咖喱卜食谱抄写一份留下。

我按妈妈手上的食谱制作咖喱卜。来过我家的朋友，大多品尝过我的咖喱卜。那时我住双层半独立房子，楼上楼下共有五间卧室，三个客厅，两个餐厅，两个厨房，前后和旁边都有院子，路过时到我家住的国内外作家朋友很多。

往事如烟，袅袅上升消散在空中，包括咖喱卜的味道。

流行文创的今天，创意可卖钱。当年将咖喱卜的皮包豆沙为馅，饼皮上刷一层蛋黄，洒几粒芝麻，面相诱人，正是个人创意产品，可惜没推广，亦无出售。仅只做好了自家吃，朋友说要来，赶紧下厨做朵拉豆沙饼。两个女儿成长至每天减肥的时代，我才暂别厨房，日与夜耽溺在书房里。

厨房里的豆沙饼告一段落，在书房经过那么长一段沧桑岁月，终于写出和豆沙饼的相遇与离别。

“我要原味的。”听见作家和店员说，“三盒”，很高兴遇见同好者。

采风作家团抵达槟城的第三天，我们一起去豆沙饼店制作豆沙饼。

我们，是指三十几个作家学者和媒体人。第一天全日报到，有人早有人迟，晚餐时间还有人在半空夜间飞行。安排南洋肉骨茶、有点辣的干肉骨茶，和中国药材味的汤肉骨茶，再配上本地华人平时吃的菜肴，以家常菜迎宾。餐厅距离酒店不远，刻意为晚餐添加海风味道。入住海边酒店，“听海涛声入眠”却是幻想。临睡前拉开窗帘，点点灯光在漆黑的大海闪着小小的明亮，盏盏星光也不落人后在空中闪烁，那是明日好天气的征兆呢。

2018 年 8 月 9 日上午，老城区，装饰在三轮车周边的缤纷花儿本来就永不凋谢，这时在阳光下更显露灿烂光彩，被人唤为“槟城活化石”的三轮车开启了世界华文作家访槟文学采风的序幕。毛毛小雨轻轻飘洒，不同种族的三轮车夫缓缓踩蹬，把我们载进了时光隧道，狭窄老街两旁中式老建筑混杂着欧式老建筑，就像槟城人的日常生活，东方糅杂西方，每一个转角都在为作家们默默述说蕴藏在其中的历史和文化。看着老城在岁月沧桑中改变的三轮车夫也热情地与游客介绍老城的前世今生，一个作家形容：“三轮车夫是街头行为艺术家呢！”

当作家赞叹“槟城的建筑古意盎然又典雅细致”时，槟城人微微笑，毫不客气地收下。伫足在“宝树堂谢公司”，一直接受英文教育的准拿督谢瑞发主席看不懂槟华堂赠送的《印象槟城 1》和《印象槟城 2》文集，却热烈欢迎采风团的莅临，带着我们四周观光，并且不停要求与来自世界各地的作家们合影。

最早到槟城的福建人来自漳州，世德堂谢

氏族人源自中国福建漳州海澄三都石塘社。当年谢、杨、邱、陈、林共五大姓氏宗祠之中，最早营建起来的宗族祠堂是1810年创办的谢公司。作家不明“公司”之意：“不是做生意吗？”“公司”在槟城亦指宗祠。1820年有人以“张巡”和“许远”之名买下第一片土地。张巡和许远是谢公司的守护神，被谢公司人称“福侯公”，至今仍供奉在谢公司内。唐朝人张巡和许远在安史之乱中临危受命，“睢阳之战”时以六千饥兵力抗安禄山十三万兵力，守城三百天终退叛军。“安史之乱”的故事传到南洋，这两位英雄做梦也没想到，自己竟被谢公司奉为忠义之神，虽然他们都不姓谢。谢公司楼上的庙堂里供奉的谢氏名人，是谢安和谢玄。我数次到南京，一定要走一趟乌衣巷，重复颂唱唐朝诗人刘禹锡的“朱雀桥边野草花，乌衣巷口夕阳斜。旧时王谢堂前燕，飞入寻常百姓家”。王谢指的是王导与谢安。谢安是东晋时期政治家和军事家，在谢公司被供奉为“广惠圣王”，其侄儿被奉为“王孙大使爷谢玄元帅”。谢氏先贤在现有堂址建立家庙是1828

年的事，190 年来香火不断。

我们从本头公巷进去，抬头便见遒劲有力的书法“宝树”二字牌匾。如果不说，游客们可能不晓得牌匾上是受英文教育的南洋华人富商谢增煜的书法。之前采风团的巴士路过瑞天咸码头时，交通圈旁一大钟楼，是 1897 年英国维多利亚女皇登基六十周年庆时，向来以英国子民自居的谢增煜出资三万五千美元，费了五年工夫建成的，这一座当年槟城的重要地标终于在 1902 年完成。

“宝树”的传说源自中国，古代皇帝巡视某郡，见谢氏祠堂有棵树长得繁荣茂盛，“宝树”二字脱口而出，从此，谢氏堂号便以“宝树”称之。你在槟城，只要说去“宝树堂”，大家都知道要去参观谢公司。

建筑融合东西方风格的世德堂谢公司，最特别的地方是庙堂前的石狮。1933 年世德堂翻新时，先人谢昌霖提倡“鼎新”和“革旧”，以西洋狮子取代传统中式石狮。谢公司历年来的领导几乎全是接受的英文教育，令人诧异的是宗祠里却保留了大量的传统对联。谢公司正门上边的额题是“育才学校”。槟城许多宗祠都自己办学校，育才学校在 1941 年 12 月日军南侵时停课，战后不再复课，宗祠资助学费让宗族子弟在外就学，额题如今成为办学的历史见证。

讲到办学，不能不提大马华文教育发祥地“五福书院”。1819 年，槟城广州府人为了让自家子弟接受华文教育，开创了马来西亚首间华文私塾。“五福”之名，源自《书经洪范》“一寿、二富、三康宁、四修好德、五考终命”。中国的五福书院，是同乡聚会及上京赴考的书生落脚处；而槟城的五福书院，集会馆、宗祠、庙宇和学校于一身。

五福书院外边大门口斑驳的雕花门柱上头有白底红字的横幅“广州府会馆”。平时安静的院子里，准拿督梁景辉和几个理事正在迎接远方的来客。单层建筑门口对联“落叶归根方能枝叶延绵，饮水思源才能源远流长”说明南移华人的心思就在落叶归根，并提醒后人饮水思源。说到底也就是马国华人最常挂在嘴边的“再穷不能穷教育”。紧紧把持这份理念，始终不离不弃，中华传统文化的传承与华文教育在马国从来不曾断层。

1828 年世德堂谢公司建立家庙时，槟城南海会馆刚刚创立。位于牛干冬街 463 号的会馆于 1904 年落成。据说光绪进士南海人康有为曾经到过槟城，如果按他在 1888 年提出变法运动，1898 年戊戌变法失败，逃亡日本的这条时间线，他路过槟城的时候，会馆还没兴建，也不晓得当时的南海人是否接待过他。今天出来迎接我们的是会馆的正理事长白裕斌与一众理事，大厅内的长桌上摆好糕点和饮料，宾主经过一番热情和好奇的问答交流，吃过香喷喷又色彩缤纷的娘惹糕点，我们回头往外走开始参观会馆。

门前的石头联是真金薄贴的字体，屋檐上以交趾陶为装饰，墙上的壁画亦是交趾艺术。大堂两边悬挂创办及复建装修时捐款的理事名单和照片，会馆的第二进是一个天井，以茂盛的盆栽组成一个室内花园，叫人眼前一亮的是横梁上高悬着几面牌匾，上书状元、榜眼、探花、传胪。这些是南海先人在中国科举考试中金榜题名的荣誉。当时是怎么自中国运到南洋的呢？白理事长说没有记录，很难考究。牌匾后面高高立着的神龛，有两层楼高，手工精巧，精雕细刻，虽然只是供奉神明和祖先的神龛，看着却像一个大型艺术作品。所有来客纷纷赞叹惊呼，人人表情相同，形容词也只有一个："无法置信！"

前门后院，楼下楼上走了一趟，出来时作家们说，槟城真是个神奇的地方，好像没有超过一百年的东西都不好意思拿出来。这一天走过三个会馆，这里那里，随手一指，都有百年以上的历史。

槟城和中国渊源确实深远，在老城区闲走，你的脚印很可能印在清朝国人的足迹上。后来我们就去豆沙饼店制作豆沙饼。饮食文化听起来是浅文化，却也是影响最深最广的中华文化。远方的来客品尝过后说槟城豆沙饼和福建的几个地方的馅饼味道相似，我深信不疑。

吃着自己亲手制作的豆沙饼，大家对自己的手工十分满意。有个作家笑言：你来过槟城吗？你吃了豆沙饼么？如果你没吃过，那你没来过槟城呢！

他说他是在抄袭毛姆。

来过槟城的毛姆留下一句话：“如果你没来过槟城，那么你就没有来过这个世界。”

郑重说明：这一篇文章没有在为槟城豆沙饼打广告，还有，我家也不开豆沙饼店。

槟城的榴梿

世界上再没有其他水果像榴梿一样，让人如此爱憎分明。

完全没中庸性可言的榴梿味道是一种极端主义，到目前尚未听过谁品尝过榴梿以后说“唔唔，可以接受”，或者是“OK 咯，麻麻地[①]，还不错”。两极化严重的程度达到：“世界上只有两种人，一种是爱吃榴梿的人，一种是痛恨榴梿的人。”

为何爱 / 恨榴梿？爱的人，冲口而出的形容词是“浓香馥郁、软滑绵糯”；恨的人口里的榴梿是“恶臭难闻，无法入口”，说白了就是“嗜之如命”和“恨之入骨”的“一人之食物乃另一人之毒品也”版本。

① 麻麻地：粤语，一般，很普通的意思。

带一团来自全球各地的作家学者到马来西亚槟城浮罗山背采风。在槟城，浮罗山背和榴梿是画等号的。槟州华人大会堂文学组主办的“全球作家学者槟城文学采风”特别安排大家到榴梿原产地品尝榴梿。从下车的地方需步行一小段距离方抵达榴梿园，一团人非常明显地兴奋异常，上山的路崎岖不平，略有斜度，全团人雀跃在阳光下，步伐轻快谈笑风生。

面对一地的榴梿，出现了前述“爱不释手”和“避之不及”的情况。一个听过但未曾吃过的学者，榴梿还没打开，便面有难色说无法接受，一直想吐。事实上不只味道，从外形上她就排斥：“这么丑也称‘水果之王’？”坚决地一口不尝，选择下山到停车处看风景。

布满硬刺的硕大球状果实外观确实缺乏优雅，但却与它的独特香味和强烈个性挺相配。来自韩国、德国、美国等国的作家亦是初次相遇，虽也承认那外貌不敢恭维，却很勇敢地配合，没想到一入口即进入疯狂状态，无法停止狂吃。

“香甜软糯”“软滑如膏”“味如甜香奶油”，

被果王俘虏的作家形容他们对榴梿的感觉，下山路上的结论是“现在吃得太饱，无法继续，不过，如再相遇，仍还要吃”。其中一位作家表现出一副馋得连口水都要滴下来的模样，另一位加一句“这美味简直就是无法以文字形容的可口”。

来过槟城的郁达夫，在他的《南洋游记》里说“榴梿有如臭乳酪与洋葱混合的臭气，又有类似松节油的香味，真是又臭又香又好吃”。仅淡淡几句，在画上句点前的评说却是“好吃”。苏童的榴梿经验说的不是味道，而是南洋的神秘。那是他“离开新加坡的最后一个晚上”，他跟着画家朋友去吃榴梿，先去画家熟悉的榴梿摊子吃“榴梿正餐”，然后“穿过黑漆漆的公路，突然一盏蝇头小灯挂在一片树林中，竟然也是一个榴梿摊子”。以为他仿鲁迅两棵都一样是枣树的写法，却又不是，“一个汉子威严地守在灯下，在黑暗中守候着他的客人”。这个时候，会出现什么东西？又有什么事将要发生呢？苏童给读者制造了悬念，但接下来并没有读者期待的神秘故事，他转去回忆他到“槟城城外一条公路边第一次吃榴梿”的情景。（那城外公路无疑就是盛产全马最好吃的榴梿的浮罗山背路了。）从公路边的树下，到在热带阳光和尘土中吃榴梿，他再让回忆飘扬到印尼、南美洲的赤道沿线国家，开拓一条榴梿道路。但他最后并没提到榴梿好不好吃。

南洋人吃榴梿，一定选白天，嫌晚上的榴梿不新鲜。但是，白先勇到南洋吃榴梿，却是在晚上，延迟晚餐再继续把榴梿当夜宵。带他去吃榴梿的朋友说那榴梿是“极品中的皇上皇”，“皇上皇”没写名字，却吃到“夜里十二点半，尽兴而归”。走进酒店房间前，白先勇说：“补充了榴梿能量，现在可以把写了一半的《红楼梦》前言继续写完。”那是一篇万字长文。

榴梿确实有提神作用。颜值虽不高，营养价值却备受赞赏。研究发现经常食用可强身健体，健脾补气，补肾壮阳，温暖身体，属滋补有益的水果。尚无研究报告之前，南洋民间流传榴梿和酒不要混着吃。

外国朋友问是真的吗？他说在泰国品尝榴梿时也听当地人这样说。槟城人无法回答，向来遵守先辈教导的我们，吃榴梿时不喝酒，那就没事了。

很多人的榴梿之爱从泰国开始，因为泰国榴梿未熟透就可摘下，待熟再打开，这方便出口。槟城榴梿在树上熟了才掉下来。若说比较好吃，这话从槟城人口中出来难以令人信服，口味很难解释，每人都有自己的标准，但树上熟透自然掉下与摘下后待熟的果实，味道肯定有异。不能怪凡品尝过槟城榴梿的朋友，最后都要倾心。

马来俚语："榴梿落，纱笼脱。"意思是"榴梿掉落时，袋中没钱，为买榴梿，把纱笼拿到当店换钱"，强调再穷也要吃榴梿。后来听外国人的说法："当榴梿落下，纱笼飘起"意指榴梿为春药。这个要去问研究学者或营养学家了。

有个洋人吃过榴梿以后，品评榴梿的味道是"复杂，不和谐，但总的来说给人一种甜美的印象，就像奥利维·梅西安的音乐作品"。也许，吃过或没试过榴梿的朋友，皆可听一听 20

世纪法国作曲家奥利维·梅西安的《图伦加利亚交响曲》。这么美妙的比喻确认了这个洋人喜欢榴梿。

榴梿的品种多，名字多，味道不一，赞赏榴梿的话语也很多，最印象深刻的是“有一种美味，叫作‘榴梿忘返’”。嗜吃榴梿的游客，每年一到五月榴梿季，不约而同重返槟城。同香港朋友去年五月在网上开会或聊天，他打开连线的第一句话就是“我好想念黑刺呀”！病毒阻碍来槟路，阻不断思念。今年五月，他仍重复“好想念黑刺”。

“黑刺”被爱榴梿的人誉为“榴梿中的爱马仕”。

“吃榴梿会有一种幸福的感觉。三天吃了五个榴梿，今天再吃两个，会不会上火烧死我？可是，我还是要吃。”这自问自答说的就是榴梿的魅力呀！

一壶乡愁

每天早晨冲一壶茶。煮水、洗杯、冲泡，边喝茶边阅读茶书，惊讶茶的种类如此之多：绿茶、红茶、黑茶、白茶、黄茶、花茶等。泡茶的壶还区分：紫砂、玻璃、陶、瓷、石头壶等。煮茶的水则格外讲究：陆羽说“山水上、江水中、井水下”，到杭州泡龙井茶用虎跑水，到无锡喝茶必花时费神找张岱《陶阉梦忆》书里那老头闵汶水刻意到惠山运至南京泡茶用的惠泉水。《红楼梦》里有一杯著名的“妙玉茶”，用寺里“梅花上的雪”来泡。乾隆皇帝喝雪水煮茶：“遇佳雪，必收取，以松实、梅英、佛手烹茶”，叫“三清茶”，普通人没这时间和闲情。

在南洋的我们喝咖啡长大。妈妈每天清早泡一大壶咖啡搁桌上，谁口渴就倒一杯，“咕噜咕噜”当开水牛饮，不知品味，仅为解渴用。

童年时代家里还有另一个比咖啡壶讲究些的白瓷茶壶，壶外绘一枝梅花，中国进口。梅花瓷壶和咖啡壶并排，不喝咖啡的人，口渴时倒一杯茶“咕噜咕噜”喝下。加糖的咖啡有甜味，小孩爱咖啡。淡而无味的茶水是家中长辈在喝。从不饮咖啡的祖父只喝茶，回想起来，那壶茶是祖父的文化乡愁。

童年喝茶最深刻的印象是：感觉人不舒服，跟妈妈说头痛或流鼻水或喉咙痒，妈妈到厨房柜子找出一包白纸包装的四方小茶包，打开将茶叶一次倒进杯子，滚烫热水冲下，即刻盖杯，闷五到八分钟，待茶叶完全泡开，让我趁热饮下，连续冲泡几次，喝至茶水颜色变淡。我喝过热茶赶紧到床上把自己密密包裹进被子里，睡到自然醒，醒来以后人就没事了。

回忆那两种茶水味道，没法称美味。梅花壶中的茶跟开水一样无味。四方纸包茶，因着心理因素，觉得生病喝的茶，味道就像药，头两遍入口挺苦，多冲两遍味道淡些，毫无可口可言。色泽黑味道苦的茶，就是我小孩时期的茶之味。但这四方纸包茶是祖父珍藏，并非随时可冲泡，要自柜子拿出一包，必须给予上佳理由：身体不舒服，需药茶治疗。一直到我上小学，爱上中文的小孩住在找不到中文书的南洋地，对于任何印刷中文字的纸张都“宁可杀错不许放过”，包括各种各类包装纸说明书，这时才看见四方茶纸上印着红字“集泉铁罗汉”。

1993 年我到厦门大学海外教育学院学习，过后常到福建。人在茶乡，不管走到哪儿，无论认不认识，都有人喊你“来呷茶”。有时想买点什么，刚进店里，东西尚未选好，店主已开始煮水洗杯叫你来喝茶，亲切之情油然而生；福建各地的酒店房间皆备茶具并赠送茶包，将茶乡特色发挥到极致。就这样我逐渐爱上喝茶。喝过不同名字的武夷山茶：水仙、肉桂、大红袍，甚至“牛肉”“马肉”[1]，福建名茶还有：政和白茶、安溪铁观音等。一日捧着茶杯，突然

① 牛肉、马肉：这里的“牛肉”“马肉”指武夷肉桂茶名，即“牛栏坑肉桂”和“马头岩肉桂”的简称。

想起童年的茶，上网搜索“铁罗汉”。

“铁罗汉”属半发酵茶，制作方法介于绿茶与红茶之间，是宋树名，叶子特别长，外形条索粗壮，颜色绿褐油润，口感很大气，滋味醇厚，香气馥郁，有特别持久的兰花香味或果香味，冲泡后茶汤颜色明亮橙黄，喝下去喉部有往上冒气的感觉，喉韵中有股香味、甜味和丛味，叶片红绿相间，特别耐泡。资料里头的“铁罗汉”和小时候遇见的“铁罗汉”似乎不同。然而，继续搜索铁罗汉历史由来，我确认从小喝的“铁罗汉”，是祖父宝爱的四方形包装茶。

“铁罗汉”在清乾隆四十六年问世。闽南惠安县有个叫施大成的商人开了家施集泉茶店，经营武夷岩茶。在1890年及1931年前后，惠安县两次发生时疫，患者饮用施集泉铁罗汉茶后，得以痊瘉。惠安是我的祖籍地，祖父当年从惠安下南洋，这故事祖父肯定听过。他可能没听到后来的研究成果，铁罗汉的主要功效还有：提神解乏、除脂解腻、促进消化、去除口臭、利尿排毒、预防辐射等。但这不妨碍“铁罗汉”在我们家成为“神药”。

清代周亮工特别为铁罗汉茶写《闽铁罗汉曲》：“雨前虽好但嫌新，火气未除莫接唇，藏得深红三倍价，家家卖弄隔年陈。”这么说铁罗汉茶属陈茶。听过歌颂陈茶的广告词“一年茶、三年药、七年宝”，难怪“铁罗汉”在祖父心里是“宝”一样的茶。

当年在南洋要买中国茶不容易，越是缺乏越是稀罕越是珍贵。家里每天喝“六堡茶”，属粗茶，没小孩特别喜欢。客人来时，长辈招呼“来呷茶”，叫小孩倒茶待客。家里后来改了茶叶，父亲叫它“茶心茶”。不明茶心之意，却跟着父亲说“茶心茶”。资料见“茶心”即“道心”“人心”，又有一说即“佛心”。但父亲的“茶心茶”，说的是从粗叶子茶喝到茶叶之心，意即用最嫩最小的那片“叶芽儿”泡的茶，表示这茶的精致，之中也有茶的矜贵之意吧。

下南洋的中国人，大多为赚钱而来，更多是体力劳动者。从粗茶喝到茶心茶，表示经济情况有所改善，不再一饮而尽地为解渴喝茶，而是有闲暇坐下来，翻阅报纸，或看看电视，或和朋友闲聊，改用小壶小杯，悠闲地品一杯热气腾腾味道清香的“茶心茶”。

无论哪种茶，都来自中国，矮矮的我仰头看祖父和父亲每天一定要一壶茶，长大的我和父亲一起呷茶心茶。缓缓呷一口热茶，那香那热从嘴里到肚里，再到心里，生出一种和祖籍地无比亲近的感觉。

祖籍地曾经距离那么远，1930 年祖父南来，除了喝茶，他什么钱都不肯花，有人游说他在南洋这里买产业，祖父固执地摇头，“钱要寄回家乡”。但他的人从离乡背井那一天开始再也没机会回去。中国开放以后，父母亲每年至少回乡一次，每次都带着家乡的茶返回南洋。爱喝茶的父母，和祖父一样，对茶唯一要求“必须是家乡来茶”。

每天喝茶时间读中国书，后又时常到中国，关于喝茶的细致部分，逐渐像太阳出来雾中的花，顿时明白起来。唐代白居易在《官舍》说“起尝一瓯茗，行读一卷书”，在《咏意》诗说

“或吟诗一章，或饮茶一瓯”，都是喝茶读书写诗。宋代陆游在《渔家傲》里喝思乡茶：“东望山阴何处是？往来一万三千里。写得家书空满纸。流清泪，书回已是明年事。寄语红桥桥下水，扁舟何日寻兄弟？行遍天涯真老矣。愁无寐，鬓丝几缕茶烟里。”

电热壶在烧开水，朋友打开一包茶放小茶壶里，水一冲下，茶叶香气袅袅飘上来，冲口而出“好香呀！”朋友说一个数字，我张口结舌，一起喝茶的朋友后来说起茶和诗词，也就是上面说的唐诗宋词里的文人喝茶。

也喝茶的鲁迅说：“有好茶喝，会喝好茶，是一种‘清福’。不过要享这‘清福’，首先就须有工夫，其次是练习出来的特别的感觉。”“由这一极琐屑的经验，我想，假使是一个使用筋力的工人，在喉干欲裂的时候，那么，即使给他龙井芽茶，珠兰窨片，恐怕他喝起来也未必觉得和热水有什么大区别罢。所谓‘秋思’，其实也是这样的，骚人墨客，会觉得什么‘悲哉秋之为气也’，风雨阴晴，都给他一种刺戟，一方面也就是一种‘清福’，但在老农，却只知道每年的此际，就要割稻而已。”这说的便是祖父喝茶吧。

我多次在书法里写周作人《喝茶》：“喝茶当于瓦屋纸窗下，清泉绿茶，用素雅的陶瓷茶具，同二三人共饮，得半日之闲，可抵十年的尘梦。喝茶之后，再去继续修各人的胜业，无论为名为利，都无不可，但偶然的片刻优游乃正亦断不可少。”这是父亲的茶心茶。

周作人对茶的品味之高雅精致，细腻敏锐，与鲁迅的“喝过茶，望着秋天，我于是想：不识好茶，没有秋思，倒也罢了”的“粗茶淡饭”式的自然质朴完全不同。

价格昂贵或廉价，是名茶或普通茶，祖父和父亲不在意，不计粗细，不论好坏，渴时牛饮，闲时细品，他们只要求家乡来茶。

你呢？朋友问我。喝了一口茶的我说，作为土生土长的南洋人，在二种语文环境中长大，我热爱中华文化，并以能用中文写作水墨绘画为荣。

祖国变成祖籍国，这是不能选择也无法更改的现实。但我每天早晨一定喝一壶茶。

捞鱼生过春节

一个大圆盘里，摆上各种不同颜色的切丝蔬菜和水果，包括红萝卜（鸿运当头）、青木瓜（青春永驻）、紫包菜（紫气东来）、坚果和薄脆（遍地黄金）、金柚子肉（金银满地）等，各个颜色各自一堆，加上腌姜丝。今晚是餐馆经理亲自出来招待，他说“你们不吃生鱼片，就改用海蜇作为主食材吧”。然后继续洒上白色芝麻、黄色花生碎、红色五香粉及浅黄胡椒粉（五福临门）等。一切料理布置妥当，经理说：“大家现在开始举筷子啦！”他先把烫熟的海蜇放在最上面，然后撕开一包特制的酱料（含麦芽糖及酸柑汁等等，寓意甜甜蜜蜜）迂回旋转淋到盘里。主人苹华说：“我们开始捞生了！”大家以筷子一起将大圆盘中的各式材料高高夹起，口里说着新年的祝福语："捞起！捞起！捞到风生水起，一年比一年捞得更好！"听说把盘中材料夹得越高，来年就会赚得越多，是充满仪式感的行为。通常一桌十人，每人都要说一句（一般都是高声喊）好意头的祝福语。"鸿运当头""心想事成""生意兴隆""财源滚滚""一帆风顺""吉祥如意""健康平安""身强体健""步步高升""青春永驻"……今晚主人加客人只有四个，所以我们就自己一句又一句地接着，当然最后那句"青春永驻"是三个女人一起喊的。

捞鱼生文化在马来西亚很兴盛，农历新年期间所有华人餐馆都会准备这一道意义特殊的菜式，凡有客人上门，都不会拒绝餐馆的建议。家家都来捞鱼生原本是在大年初七"人日"这一天，后来因为越来越受欢迎，当商家开始庆祝尾牙（收工宴）时，餐馆就已经为客人备好捞鱼生食材，于是，这项充满喜气的活动，就从尾牙庆祝到农历正月十五（元宵节）。然而，今天的小型私人聚餐，是苹华和她先生接待，不过阳历12月上旬，圣诞节未过，冬至亦尚未降临，吉隆坡的餐馆已经开始上捞鱼生餐了。

“人日”捞鱼生，我一直以为是潮州人发起的，生活在马来西亚的潮州人每年正月初七，有个把七样菜煮在一起，叫“七样羹”的风俗。这七样菜中有五种是一定要的，取其好兆头的谐音，比如芹菜是“勤”劳，蒜子是会“算”计，芫荽是有“缘”，葱是“聪”明，韭菜是长“久”，另外两种，大多人选鱼，寓意年年有“余”，有人加入豆腐，因为“富”裕，有人还加豆干，希望家里有人做“官”。潮州人告诉我“七样羹”的传说：潮汕乡村有户穷人家，父子两人相依为命，生活实在太苦，儿子在正月初七这天下南洋，一去毫无音讯，想念儿子的父亲以为儿子死在过番路上。每年正月初七，父亲都在桌上摆两幅碗筷。有一年父亲在路上随便捡了几样菜叶，煮好后同样也给儿子多摆了一副碗筷，正要开始举筷，收到儿子寄来的侨批（来自华侨的信），批（信）里还附了一笔钱，往后这家人发了财。七样菜变成吉祥菜，潮汕人为祈福兴旺发达，从此每年正月初七，家家户户都煮七样羹。

换一个方式来看，自除夕夜的丰盛晚餐开始，一直到年初六，餐餐大鱼大肉，来到初七这一天，餐食改以蔬菜为主，让肠胃疏解一下压力，这是中华文化中的“智慧篇”。

中华文化的传统节日源自中国，但捞鱼生这道春节特色佳肴，中国朋友说在中国比较少见。这就有“捞鱼生”源自马来西亚之说。上世纪初，大概是 20 世纪 20 年代，一个来自广东南海的陆姓移民，落脚在吉隆坡以南森美兰州的芙蓉，从事餐饮业的陆家，1947 年成立了专门包办酒席的“陆祯记”。“陆祯记”承办各种餐饮宴会，本来生意不错，但在日军南侵的百业萧条时期，酒席生意不免受到打击，陆老板以新的构思和设想来振兴生意。广东一带在正月初七“人日”本来就有吃鱼生的习俗，他就将口味清淡的鱼生加入不同的配料吸引顾客，结果改良版的鱼生受到群众的欢迎。60 年代，“陆祯记”就有创意点子：主办一场“大街捞鱼生”。在汽车稀有的年代，索性大胆地在大街上摆桌子让客人当众捞生，许多客人听闻后，远从其他州属赶过来，打包鱼生回去享用。听说那热闹场面，是芙蓉老一辈人的难忘记忆。根据陆家后人在接受记者采访时说，“捞鱼生”的起源难以追溯，没有必要也毫无意义去争夺谁是第一。这是因为有人说“捞鱼生”源自芙蓉的陆老板，也有说是新加坡人首创。后来在网络新闻看见报纸访问新加坡的四个厨师提到，他们并非创始人，而是在来自马来西亚原有的“捞鱼生”基础上再加以改良。当初陆老板仅是为了养家糊口而想出的新创意，可能没有想到日后变成流传到今天的“新春捞鱼生”。

本来接地气的“捞鱼生”，因为大受众人喜爱，上了大酒家，这让食材更加丰富多彩。有除加三文鱼等十多种配料外，再加原只鲍鱼的，还有把普通三文鱼更换成挪威三文鱼的，有的在生鱼片之外还加上龙虾，“贵气满分”的意思是价钱也同样升级，“捞鱼生”顿时成为昂贵食品。

人人感叹经济萧条生意难做，然而市面越是不景气，色彩缤纷，喜气洋洋的“捞鱼生”越是抢手。这些年来，冬至还没到，商场就已经开始销售包装好的“捞鱼生”。广告文案更是讲究鱼生名堂，侧重在富贵吉祥，所以名字都和好兆头画等号：“鸿运鱼生”“富贵鱼生”“兴旺鱼生”“丰收鱼生”“发财鱼生”等，售货员拿给经过的顾客，客人一看，没有人说不要的。

“今日我地[①]来捞鱼生。”这句话是用粤语说的，当大家在捞鱼生的时候，冲口而出的“兴呀！旺呀！发呀！”这却是闽南话发音。所以有理由相信，捞鱼生文化源自福建和广东人多的马来西亚。

我们和苹华及先生一起举筷，鱼生捞得均匀后，在桌上散发诱人色彩和香气，似乎告诉我们，春节就在转角处。

---

① 我地：粤语，“我们”的意思。

四季养生立春起

航班并无延误，只因为等待行李，朋友出来时便有点迟了。机场航站的蓝紫色屋顶在亮晃晃的街灯映照下，生出诗情和画意。曾经在西班牙巴塞罗那与紫蓝色的天空相遇，留下的美好记忆至今难以忘怀。旅行是一种追寻，也是把自己内心的好奇与向往再深刻地挖掘一次，遇到的大多是从今往后不会再次相遇的永远的陌生人，抵达远方时终于看见和想象中不一样的真实世界，无论好或不好，心里生出的感怀自然而然都成为一生无法忘记的回忆。来自中国的朋友笑自己，生命中首两个旅行，都送给同一个小岛。载她在仅有 23 平方公里的老城乔治市观光的时候，看见毛姆住过的“Eastern & Oriental Hotel”（马来西亚槟城东家酒店），赶紧给她安慰："毛姆说过：'你没来过槟城吗？那你等于没来过这个世界'。"

晚餐后经过老城区，天有些暗，餐厅往前直走的那条街，华人叫"本头公巷"，槟城街名极具本地风情，华人名、英文名、马来文名都不一样，每个民族皆以各自的看法去为街道定名，各有叫法，并存不悖。可是，2013 年 10 月 29 日，英国《卫报》选出全球十五大最佳壁画时，这条全球游客都在按图索骥的街巷，从此改名为"《姐弟共骑》街"。

已成槟城老城标志的那一对天真无邪的姐弟共乘一部单车，在暖黄色街灯照射下，于斑驳残旧的墙上驰骋，两人脸上的表情，尤其是弟弟从后边紧抱着姐姐，闭上眼睛张大嘴巴嘶喊的享受样子，叫游客忍不住要把他们生动的快乐模样拍摄记录。夜色下古朴房子和老旧的单车融为一体，迟到的游客站在姐弟的后边合影，影影绰绰间似乎也成为壁画的一部分。

为了带远方朋友观看晚上的老城风景，我驾车穿越蜿蜒曲折的小巷子。从车窗望出去，天空中有薄薄的云和清清的月，清朗明净的月提醒人们，今日是农历十月二十六了，这才想起，阳历十二月马上来临，就连农历二十四节气里的立冬日也在两个星期前过去了。

立冬那日亦在老城区，地点却是福建刺桐城泉州，我受邀参与第十四届亚洲艺术节暨第三届亚洲文化论坛。开幕日期为十一月八日，前后几日厦门和泉州的朋友请饭，几乎每一餐桌上都见羊肉，做法多种：羊肉炖白萝卜、当归山药炖羊肉、烤羊肉串、栗子焖羊肉。我不好意思说自己不吃羊肉，主人诚恳劝说，不要客气，这羊肉好，吃呀吃呀！客人回答这儿羊肉做法真多。事实是之前没见过餐餐把羊肉当膳，唯一常见的是街头巷尾印度人的摊档售卖煮好待食的咖喱羊肉。谁知朋友一开口竟说了一串羊肉烹煮法，“好吃的还有红酒炖羊排、葱爆羊肉、西洋参炖羊肉汤等等，就怕叫太多”。是是是，别叫羊肉了！我赶紧点头同意。爱吃羊肉的朋友继续说：“其实羊肉煮法甚多，有涮、烤、烹、煮、炒、爆、煎、酱、炖、焖……”说到这里，他突然像宣布成绩一样告诉群众“今天立冬呀！”

“哦？今日立冬？”同桌吃饭的客人都惊醒一样地举起酒杯，“那得吃羊肉呢。”

朋友转头来告诉我：“我们这儿立冬日一定要吃羊肉，因为冬天人体阳气潜藏于体内，容易出现手足冰冷、气血循环不良的情况。根据中医记载，羊肉味甘而不腻、性温而不燥，具有补肾壮阳、暖中祛寒、温补气血、开胃健脾的功效。冬天吃羊肉既能抵御风寒，又可滋补身体，实在是一举两得的美事。而且，营养学家也有报告，羊肉含有丰富的优质蛋白质、维生素和矿物质，营养价值很高，所以，最终得出结论：羊肉是立冬日进补的首选。”

南洋来客只能够“哦哦哦”，接不下去。生活在四季不分明的南洋，绝少人注意二十四节气，更遑论在什么节气吃什么食物。南洋人每天“吃香喝辣”，真是如此，越是香辣越受欢迎。大部分人无辣不欢。马来人早餐的椰浆饭里有三巴酱和咖喱鱼或虾，吃印度飞饼配的也是微辣的豆子马铃薯汤或咖喱鸡 / 鱼，有时还要加一个三巴虾米面包，喝的是马来西亚的国饮 MILO，中国朋友问清楚这可口饮料是可可冲泡出来的以后，开始担心这样吃法是不是会上火。午餐时间她选择槟城小食，上桌的是咖喱面、福建虾面、炒粿条、卤肉（油炸肉卷、豆干、虾饼和其他炸品等等由顾客自由选择）、蚵煎、叻沙（米粉条加上一种加辣椒和香料煮的酸辣鱼汤），“这些，都是网站精选出来的槟城最佳小吃”。

远方的中国朋友看着又香又辣的食物，大惊失色：“这样吃法，不会上火吗？”

轮到我们愣然，迟疑地讷讷：“什么叫上火？”脑海中没有“上火”这个概念。中国朋友解释：“一般的咽喉肿痛，两眼赤红，口舌生疮，嘴角溃烂，甚至流鼻血，牙痛，还有头痛头昏，便秘等等，都表示人上火了。”

“你的意思是吃这些东西会上火？”每天无辣日子便开始难过的南洋人不相信这个。中国朋友坚持这是真理。“全是辛辣刺激、荤腥温热、肥甘油腻的食物，长期食用肯定上火。”

五千年的文化背景让朋友相信食疗，规定不同季节吃不同食物。像我们一年三百六十五天，同样天气同样衣服同样食物过日子，朋友没法想象。年头她来过，每日清晨浮沉泳池，这回过了立冬再来，她没带泳衣。“天气寒冷，不敢下水。”

住下来，她探清楚槟城四季皆夏，日日阳光，没有节气之分，细致的她仍察觉到这回气候“尤其是早晚时间”要比上一回大暑过后来玩时稍凉快。当我提到在福建遇立冬吃羊肉的事，她点头称是。“按照节气选择适当的饮食来调养身体，做好保健与养生，人自然延缓衰老，活力充沛，甚至无病长寿。”南洋人生活数十年，不曾注意节气，亦没刻意养生，朋友一点明，真相即时大白，为什么我们看起来比中国人老那么多！每次看见中国领导人在电视或者报纸出现，又黑又浓的头发，精神奕奕、目光炯炯，站立时挺直的腰板，走路时稳健的步伐，完全一副身强体健姿态，空自羡慕。原来注重养生的中国人，接着十一月底的小雪，天气开始阴冷晦暗，为保持一定热量，要吃高热量、健脑活血的食物包括牛羊肉，甚至狗肉，鹿茸等。含铁量高的莲藕是当季食物，秋天也是鲤鱼肥美之时，莲藕煲鲤鱼因此是养生汤品之一。人的心情受到天气影响，小雪节气要保持愉悦心态，参加户外活动多晒太阳，还要常吃菠菜、牡蛎、黄豆和深绿色蔬菜。含有叶酸的食物可以帮助抵抗抑郁。到了十二月上旬的大雪，意味着已经进入冬季寒冷的时候，更加要注意吃补保暖，接踵而来的冬至、大寒、小寒、立春、雨水、惊蛰、春分、清明、谷雨都属于较寒凉时节，要到立夏开始气候方转热，待到了芒种、夏至、小暑、大暑，天气越来越热。中国饮食的讲究不只是冷天进补，热天也需要配合季节的食物来调理身体，如果在暑日也按秋冬食谱，可能造成部分营养的不足和失衡，影响正常神经调节与免疫系统。夏季气温高，水分流失快，需及时补充，多水分的蔬菜尤其是瓜类最受欢迎。所有的瓜类都具有降低血压，保护血管的作用。夏天膳食调养以低脂、低盐、多维生素并清淡为主。多吃粥多喝汤。绿豆汤可消暑止渴，清热解毒，生津利尿。定时饮水非常重要。待立秋时节过后，气温再次逐渐下降，处暑、白露、秋分、寒露、霜降，转眼又到立冬了。

立冬吃什么食物当时在福建泉州艺术节学会了，回来有所醒觉，又听到“四季养生立春起”，一个中医分析：“宇宙有一定的发展规律，万事万物必须顺应自然法则，才得以生养。”他提醒人们：“自然界有春生、夏长、秋收、冬藏，人的养生也是顺应自然规律来安排生活，让身体保持平衡协调。”

这些话听着，感觉就很有道理，而且非常经典。那么多年来因为不懂，从未认真养生，难怪人老体衰。中国人世世代代积淀传承下来的文化，充满深邃的哲学智慧，身为华人居然忽略蔑视、不瞅不睬，难怪相貌和身体都越来越老，真是自己的大损失！前面的日子等于白过了。

谚语说“迟到好过没有到”，新年快到了，有关节气养生学，让我们从新的一年开始吧。

火山下午茶

“那边就是诗纳梦火山。”华强指着酒店对面的远山，自山下一路跟着我们上来的微雨还在下着，远山茫茫烟雾袅袅萦萦缭绕，虽说云里雾里模糊不清，却有另一种动人的朦胧之美。华强提醒我们说，那烟雾是火山在冒烟呢。语气没有特别惊慌，就像在说着一桩平常闲话般悠悠然。大家闲闲坐在酒店咖啡厅，刻意选择坐外边，因为要观景。阿理说这地方风景如画，拍照回去可以看着绘制几幅。阿理给自己点咖啡牛奶，顺便帮我唤了一杯。阿理还叫了炸香蕉。华强说好呀好呀，这里的炸香蕉特别好吃。阿理解释是因为格外肥沃的火山土，种香蕉不必放化学肥料，味道就极其香甜。

这个下午茶有点奇特，凡和平时的规律性

活动有所不同的，都归类奇特。下午四点暂停工作，来杯提神的咖啡或茶，是每天生活的一部分。住在槟城，这原是英国殖民地，英国人走了，留下他们平日的生活习惯。只不过喝咖啡配炸香蕉，则是全新的体验。英国人配下午茶吃的是叫玛芬的小小杯蛋糕，来到棉兰才知道，原来印尼人的咖啡配着炸香蕉一块吃。当年殖民印尼的是荷兰人，莫非荷兰人喝下午茶，是和炸香蕉一起？

到荷兰去看凡·高和维米尔美术馆的年轻律师菲尔回来说，荷兰人做事从容不迫，且还是超级乐天派，遇到任何事都不紧张。不慌不忙的荷兰人走了，在这儿留下的不仅是荷兰式建筑和荷兰人的饮食习惯，应该还有他们的乐观态度和缓慢的生活节奏吧？

今早启程，之前说好是八点，可是没有人紧张着急，大家都悠哉闲哉，到了八点，才开始准备，出门时已经十点，人人习以为常，都能接受，无人大惊小怪。“没有事情要赶嘛。”说的也是。不过是到马达山走走看看，纯粹休闲，应该带着度假的恬适心情，虽然来回路上一共要四个多小时。

车子开动不久，午餐时间到，我们停在半途吃过午餐后继续前行，看看窗外深青浅绿的自然风光，聊聊华人在印尼越来越安定的生活处境，抵达目的地已是下午茶时间。所以，我们并非刻意到山上的酒店来喝下午茶，也不是特别安排面对冒烟的火山喝下午茶。在我们看起来有点惊险意味的火山下午茶，对当地朋友来说，对着火山吃饭喝茶，是普通平常事。

火山在冒烟，这景观其实不是第一次看见。全球最大的户外佛塔婆罗浮屠，在公元 778 年开始兴建，动用几十万名石材切割工匠和木匠，费时五十到七十年方才完成，建竣后号称“世界七大奇观”之一。这长宽各一百二十三米，高四十二米的世界最大佛教遗址，落在印尼的日惹。2007 年去的时候，导游艾力克开部七人旅游车到梭罗机场接我们，一见面马上介绍的第一个景点，即是无论走到那儿，只要一抬眼，它就跟在我们身边不离不弃的默拉皮火山。他把我们放在住宿的酒店时告诉我们："夜晚的时候，你们会看见山峰的火焰。"

夜游回来，我们真的站在酒店外边看火山顶上绚红且带鲜橙色的火光，不只是细细闪烁，而是高高低低地像烟火样喷射。上床时一边把被单拉到胸口，一边想到火山就在房门口，竟然有点困扰，久久无法入眠。仿佛才刚合眼，突然听到敲门声，惊醒时感觉床在左右摇晃，床头灯也发出"咯咯咯"的声音，似乎要掉下来了，我以为自己怎么头晕得厉害，原本惺忪的睡眼被叫门的女儿沉着的呼唤"妈咪，快起来，地震了"的声音惊吓，好像被泼了一桶冰冷的水一样，眼睛顿时睁大。急急打开门，随着门外正在迅速离开房间的住客，有秩序排着队走下楼梯，看到游泳池边已经有数百人在那儿大小声说话，这下才发现自己忘记穿鞋，却记得在睡裙外披上外套，还有，皮包紧紧抱在胸前，居然没有忘记。

艾力克隔天早上来载我们，他倒能够笑得

出来："放心放心，昨晚的地震，和默拉皮火山毫无关系。"在日惹旅游的几天都非常愉快，可是，每天看着喷火冒烟的火山，心头总有一块乌云。

每晚睡前，都要想一想，半夜还地震吗？"地震，像那个晚上，是小儿科，没事的！"艾力克丝毫不放心上。他的态度打破我们对住在火山旁边的迷思，却无法驱赶地震那晚在心中残存的害怕和恐惧。三天后，他载我们经过一段崎岖不平的山路，去看默拉皮火山。车子停在火山脚下，我们徒步走一段路，这一团人在艾力克看起来，既是老弱残兵，又以女性居多。太阳很大，阳光明媚，奇怪的是充满烟火味的空气竟然有点冷，风吹过更添增寒意，地上碎石处处，杂着生命力旺盛的正在努力茁长的青草，站在一堆残垣败瓦旁，艾力克说不要继续往上爬了，在这里看看就好。"这一堆破瓦底下有人，那是 2006 年 5 月默拉皮火山爆发时，几个记者为了拍摄火山喷发的照片，来不及逃跑，就被熔浆埋下去了。"几间剩下半墙砖块的房子，一些木条靠在破屋边上，那土堆，艾力克说了外人也还看不出底下有人的痕迹，却在阳光下显现阴影，地上四处皆是烧黑的煤炭，周围一片凄清零落。和火山一起住的人说起火山爆发这回事，轻描淡写，似乎是司空见惯的事。

远远有几个驼着背的老妇，每人身上都驮着巨捆的牛草，从斜斜的坡路缓慢走下来，艾力克说她们每一天都得驮好几趟牛草，可是换取的费用也不足以应付生活。“火山随时会爆发，人们不害怕吗？为何不搬走呢？”游客一提出这愚蠢的问题，答案即时便自己出现脑海：贫穷的住民，要叫他们搬到哪儿去呢？艾力克礼貌地微笑：“这里的人大多信仰印度教，可能有宗教信仰的支撑，让生死问题变得不甚执着。”要不然，应该如何解释？

这时有几朵白云在火山上浮游，今日火山只冒烟不喷火星，那里是日惹默拉皮火山，这里是棉兰诗纳梦火山，我们坐在诗纳梦酒店，看着火山闲闲喝下午茶。华强说：“离开马达山，回去的路上，我们还能够看到另一座叫西巴亚的火山，最近也开始在冒烟了。”

棉兰马达山上诗纳梦酒店的下午茶，炸香蕉的味道香甜不？爪哇咖啡的味道香醇不？在记忆中寻觅不着，最难忘的是诗纳梦火山在不断不断冒烟的画面，至今清晰如故。

第二辑　犹有余韵

在家赏花

约好下个星期一起喝茶的朋友突然来电邮：必须改期，现赶赴日本看樱花。

另一个朋友听到赶紧说，农历年前和一批老友相约今年四月到洛阳去看牡丹。

还有一个急急不落人后，五月去台湾参加桐花祭。

春暖花开的季节，处处有花在争相绽放。

喜欢看花，这伧俗的世间幸好有花，和我同样有此想的朋友们为了赶着赴花开的邀约，先请假，后购机票，准备行程表，收拾行李，步伐匆匆去感受春日赏花的美好情趣。

古诗有云："若到江南赶上春，千万和春住。"

现代人不是碰巧遇上，而是要特别费个工夫，选择花季时节去和春天一起，看花在季节中瑰丽得像梦幻一样灿烂盛开。

有的花，一年只开一季，花开季节来临，没把握时间去欣赏，下一回便得等待明年今日。

可是，不知道有没有人看到，同时同季，自家也有不少美丽的花？

车子从槟威大桥开过来，直往植物园走去，越过槟州回教堂的天桥，往下继续走，跑马场外边种的行道树是有个漂亮华文名字“悦椿”的Angsana树。

悦椿花无声地在宛如伞形的树叶上喧哗，看起来似碎片般披开在树叶尾端，事实上它也是成串的丛花，叶子略呈椭圆形，青绿滑润，仿佛永远不会干枯似的，但那薄片的黄色花只有一天的时间精彩演出。

生命仅一日的黄金花，随着风吹一起徐徐飘洒下来，在空中细细碎碎地轻盈飞舞，不过几分钟，地上铺成绒黄地毯，轻盈的干落花瓣在车子经过时，再一次阵阵飞扬，就算已成落花，亦是好看得紧，观花人无不怜惜慨叹，可是那轻轻飘散的浪漫姿态，却为街道增添一分飘逸之美。

“Angsana”在槟城人口里是缅甸玫瑰木的意思，当年槟城和缅甸交往频密，有些做生意的缅甸华人到了槟城，移居到这里不走，肯定就是那个时候把当地的玫瑰木移植过来，安慰乡思。这种当天开花当天即飘洒黄花雨的“悦椿”，在槟城缅甸寺附近长得枝繁叶茂，全是超过百年的老树，树的枝干不受拘束爱往周围极度伸张开去，路人经过时，艳阳天也带阴凉，还有金亮的黄花纷纷洒落在头发里肩膀上，揣想黛玉葬花是否如此情景？微微的哀伤凄清和幽微的花香味一起在空气中飘荡。

靡丽婉约的黄花雨已经非常漂亮，还有人叫这景象为“黄花雪”，雪花本是白的，黄色的亮丽雪花不是意象的描绘，而是现实中出现的旖旎画面。悦椿花不像一些鲜花，总要耗尽青春的璀璨，才不甘不愿掉落地上，它的独特是不曾凋零，没有萎谢，明明那花儿才刚绽开，便自潇洒地飘落，掉满一地的花瓣，似乎犹在继续盛开，迤逦在人们行过的路上。

这份无比洒脱的胸怀，是其他花树不能比拟的。

它是缅甸的国树。

和悦椿花颜色极其相似的“金浴雨”，是槟城英殖民地时代开发的植物园里最耀眼的大树之一。从葛尼道通往海边到码头的那条大道，路旁亦不时可见。“金浴雨”的花在油亮亮的绿叶中闪着金黄的夺目色彩，正好遇上阳光炽艳的时候，那锦锦簇簇的金黄颜色益发耀眼喧嚣。从没晚上去看过它，不过，尽管夜晚，相信它也照样在熠熠生辉。

台湾人称它“阿勃勒”，在香港时听人唤它“金急雨”，它的花形从远处眺望，除颜色不同外，跟“紫藤花”长得非常相像，那张扬的美丽亦十足类似，不必靠它很近，伫立在遥远的地方，熟透了的黄金颜色串花悄无声息在高声地呼唤人的眼睛，像阿牛唱的那首歌：对面的女孩望过来。

“金浴雨”盛开，莫逢下雨，偏偏这时节最多雨水，雨一倾盆，在风中摇曳生姿的亮丽飘逸黄花即时便随雨水坠地，乱雨纷飞不过一瞬间，一棵大树便剩下零星的叶子和空空的枝干，几乎所有的花，全悄然飘零，掉落马路上。

抑制不住为这奢华姿态喝彩，心中却生出惆怅和惋惜，美景永远不长久，只好借用古人的诗句，“落红不是无情物，化作春泥更护花”。安慰的不是不耐雨的“金浴雨”，而是看花的人。

花儿落光了，绿色圆筒状的豆荚果挂满一树，随着阳光风雨的岁月逐渐转成黑褐，等到成熟需费时一年。因此今年的花和去年的果，往往有了相会的时刻。

果一结成便无花，赏花的人，只有期盼明年此时，再来看花。

古人提醒，看花要及时，看花要趁早。

每天早上晨运健走，在花季便起得更早些。这时节开黄花的还有我们叫它“铜荚树”的“Copperpod”，就在住家楼下的花园，一棵接一棵不停在努力焕发自己的样貌，让黄色鲜花盛放。

有人因它的花朵柱头形状像盾，故称它盾柱木。这花的英文名又叫“Yellow Flame”，照字面翻译是“黄色火焰”，也有人称“黄焰木”。黄色火焰不开花的时候，挺拔的树形和羽状小叶与“火凤凰树”颇为相似，所以有人又叫它“黄凤凰”。

它是马来半岛的原产树。爪哇人相信它的树皮可入药，吃了治腹泻。它的树皮含有黄棕色色素，土著在制作蜡染印花布时，喜欢用它来作为染料，天然原始不伤害人的皮肤。

“黄色火焰”也是像“金浴雨”一样，开着鲜黄明艳的丛花，和串串温婉垂下的“金浴雨”相反的是，它的花串昂扬挺立。因为往上挺立的耀眼黄色，远远看着像在燃烧跃动，一副繁华胜景无限诱人。

挺立的姿态看似很强壮，却也耐不住风吹雨打，风吹起时晃晃悠悠飘下，风姿绰约，下雨过后，只见一地铺满黄金花瓣。

它一年有两次花季，但是花的寿命只一两天，幸好花期长达几个星期，因此不断掉落时，新的花蕊一直在接替绽放，感觉上花一直在开。“黄色火焰”有一种迷人的香气，晨运时行过花树下，浮游在空气中的馥郁香味叫人忍不住停下脚步，伫立树下深呼吸。

带着香味的花儿一旦凋谢，树上便开始悬挂一条条棕紫色的扁平豆荚果。令人想不通的是，鹅黄色的火焰花看起来柔弱无依，不耐风吹，更不禁雨打，可是，花凋萎了，果实虽然扁平，却那样的结实硬朗。

大自然里的奇异现象叫人难以解释。

花开时分，树上充满无声的喧闹和璀璨，花落时节，赏花的人尽管无法处之泰然也不惊悚，却有淡淡的凄恻和惆怅，早已知道这些鲜花得要凋落，来年花季才有新芽萌发茁长。

生命的周转，莫不如是。

岁月的流逝带走我们的青春，交换给我们宽怀的心胸。

花树盛开，飘洒，萎落，又重新萌茁，再度开花，就是最好的启示。

没有时间出游，那就在家里赏花，不疾不徐，从容自在，泡杯茶坐下来，望出去，窗外那些瑰丽明媚的花儿，无论在何地，不论于何时，都给人美丽的幻想和愉悦的心情。

异乡的花朵

印度人喜欢的绿叶白花茉莉植于盆里，整整齐齐排列在矮矮洋灰墙旁边，中午炎热阳光下，学校外头车如流水，不知是阳光太炽烈或是汽车太多，茉莉花的香味若有似无。建于87年前中西合璧的经典建筑“辅友社”，在阳光下发出白花花的光芒。“辅友学校”就在“辅友社”院子里。

“总算遇到知道谁是泰戈尔的人了。”槟城辅友学校陈汉进副董事长说。他却也是六年前才认识泰戈尔。那天他在校园里看见印度大使馆的专车停在学校外头，下来两个印度人，趋前一问，是印度驻马大使为了寻找“泰戈尔的足迹”，特地从吉隆坡北上槟城。

在学校当了六年董事长的陈汉进先生，这

才发现“辅友社”最古老的课室里，墙上嵌有一块1927年8月14日的奠基石和身着白袍、童颜鹤发、长髯飘逸的诗哲泰戈尔照片。

2011年5月7日，全球印度大使馆同一时间为诗人泰戈尔主办一百五十周年生平纪念展。陈汉进副董事长受邀出席后“才认识”泰戈尔，“一生提倡爱与和平的大诗人，在印度地位等同甘地！”回到槟城，他成为一个寂寞的人，“一遇到人就探问，你听过泰戈尔吗？”没有人知道印度著名诗人、画家和哲学家拉宾德拉纳特·泰戈尔，包括槟城的印度人。

追溯泰戈尔足迹而来的我，和辅友学校马绅涵校长及陈汉进副董事长一起伫立在奠基石和诗人照片面前，听着陈副董事长的感叹，我生出自己的感慨。

唐朝、宋朝的人都不在了，唐朝、宋朝的建筑都摧毁了，可唐诗宋词仍在，这说明文学力量的永恒，但是，有多少人喜欢文学？有多少人知道文学人？

这是一个从前和今天都没有人关心文学的

岛屿，为什么在交通不便的87年前，诗人泰戈尔舟车劳顿来到一个至今犹有许多人不认识诗和诗人的城市？

在这一段印度诗人和马来西亚北方城市的情缘里，“辅友社”扮演着什么样的角色？

华人当年南来，为了照应和关怀自家人，以家乡宗族结团立社，成立会馆和姓氏宗亲社。南来的中国人，也有些和当地土著结婚，生下的孩子，男的称“峇峇”，女的叫“娘惹”。这一批人为了互相关照，决定成立“辅友社”，意为辅助朋友的社团。这一社群大多受英文教育，华文字不识一个，连自己的名字也不会写，但却坚持守护和努力发扬华族传统文化，也许他们对自己的社群不懂华文深以为憾吧。为传承华人文化成立的“辅友社”，开始为学习华文华语办夜学，为提高国乐水平组织国乐管弦乐队，为自卫强身引进中国武术，为健身运动成立羽毛球队，并致力推展社会福利，拨款帮助穷苦学生求学，包括在中国遇有天灾如1918年汕头、厦门地震时，联合其他机构主办各项筹款活动，款项充当援助金等等。

民国第一才女林徽因的文章记载，1924 年 4 月，她在北京前门火车站的月台上和父亲林长民，以及梁启超、蔡元培、胡适、蒋梦麟、梁漱溟、辜鸿铭、熊希龄等文化名人，迎接从上海北上的泰戈尔与印度诗人当时在中国的全程翻译和陪同徐志摩。

才华横溢的才子徐志摩和才女林徽因的恋爱故事，后来被改编为电视剧《人间四月天》播放。诗翁泰戈尔受邀到中国这段时间，徐志摩在上海把自己对林徽因的爱慕说予诗翁知，要求诗翁相助。诗翁在北京一见到秀丽优雅的林徽因，就明白徐志摩的眼光和心情。林徽因和徐志摩后来一起陪同泰戈尔到中国其他地方演讲和观光。泰戈尔在中国度过 64 岁生日，北京特别在 5 月 8 日为诗人主办了祝寿会。5 月 25 日泰戈尔离开中国时，为这一对金童玉女写下一首短诗："天空的蔚蓝 / 爱上了大地的碧绿 / 他们之间的微风叹了声'哎'！"泰戈尔的撮合以失败告终。他取道日本回印度时，行弟子之礼的徐志摩陪伴泰戈尔到日本，道别时，泰戈尔跟徐志摩说："我把心落在中国了。"

根据陈副董事长所说，传言泰戈尔到中国后，曾转来槟城。但从年代的记录上看，显然仅是谣传。"辅友社"的奠基石镌刻着的日期是：1927 年 8 月。这表示泰戈尔并非在此次（1924 年）的中国行后踅到槟城，极大可能是，在这期间，槟城"辅友社"某社员到中国，正好遇见泰戈尔，心生仰慕，特别邀请首位亚洲诺贝尔奖诗人到槟城来为"辅友社"主持奠基典礼。

泰戈尔后来再到中国，是 1929 年 3 月应邀去美国和日本讲学，路过上海，曾短宿在徐志摩和陆小曼的房子，待他 6 月 11 日回印度途经中国时，再到上海和徐志摩、陆小曼同住数日。这个日期也不是到槟城的 1927 年。

为了寻找泰戈尔的槟城足迹，我在网上搜索，终于看到"湖南人谭云山 1924 年到南洋谋职，在新加坡开始教学生涯，并积极写作，成为马华文学的先锋人物。偶然遇到一个心向往之并改变他命运的人，后来他跟随此人到印度国际大学开展中国研究的项目，并受聘为该大学中文教授”。这个改变谭云山命运的人就是印度诗哲泰戈尔。谭云山遇到泰戈尔的日期是1927年7月。

泰戈尔是在7月的新加坡行之后，8月到槟城来的？除了“辅友社”奠基石上的记载，听说他还到槟城钟灵中学演讲，讲稿内容说的是什么呢？这些都令人感到好奇，但至今仍是一个尚未解开的谜。

陈副董事长和马校长把一套包装精美，打着蝴蝶结，塑料膜塑封的《泰戈尔纪念专集》拿出来，叫我作为首个打开这意义深长的纪念品的人。“这是你和泰戈尔的一份机缘呀。”他们说明，“这四本纪念专集是马来西亚印度大使馆在泰戈尔150周年生平纪念展赠送的，拿回来收在学校图书馆，一直没有人打开来看。”

翻阅诗人译为英文的诗，忍不住建议应该让辅友学校的每个学生，都来背一首泰戈尔的童诗，并非每间学校都有大诗人的身影和足迹呀！日后从辅友学校毕业的学生，提到母校，便将以“我的学校是由印度诗哲泰戈尔立下奠基石”为荣。

临走前再看一下校园里那一排印度人喜欢的茉莉花，马校长说是他选择的，这是巧合吗？香花的气味最为浓郁是在晚上和黎明时刻，阳光一洒下，味道逐渐消退，这叫人更对香味充满期待，不必感叹白天的味道轻淡得好像没有，让我们耐心等待，一到晚上，茉莉花的芬芳就会又再开始散发，馥郁的浓香就像诗人叫人回味不已的诗。“从许多香客那里 / 我收集了圣水 / 这个我都记得 / 有一次我去到中国 / 那些我从前没有会到的人 / 把友好的标志点上我的前额 / 称我为自己人 / 不知不觉中外客的服装卸落了 / 内里那个永远显示一种 / 意外的欢乐联系的 / 人出现了 / 我取了一个中国名字 / 穿上中国衣服 / 在我心中早就晓得 / 在哪里我找到了朋友 / 我就在哪里重生 / 他带来了生命的奇妙 / 在异乡开着不知名的花朵 / 它们的名字是陌生的 / 异乡的土壤是它们的祖国 / 但是在灵魂的欢乐的王国里 / 他们的亲属 / 却得到了无碍的欢迎。”

叶之美

这时，东山夫人为我们奉上了绿茶和糕点。记得来访的路上，李瑛告诉我："每逢秋天来客，东山先生总是在花园的甬道上洒上几片红叶以示欢迎。"那红叶，比红地毯更显得华贵。今天，我们与春风同来，艺术大师又将以什么样独特的方式来欢迎我们呢？我把目光收回，端详着面前的长桌。我惊喜地发现，桌上一大玻璃缸清水上，正浮动着几朵刚从庭院里采摘下来的鲜花。尽管我不知道那些花的名字，但那花瓣和花蕊明丽的色彩——如大海的蔚蓝，如雪山的洁白，已使我们深深陶醉。

我们在花香中品茗。我发现黑漆托盘上，白底蓝花瓷茶盏里的绿花，氤氲着一缕玫瑰的清芬。我们用小巧的竹刀在四角微翘的方形陶碟上切取年糕时，发现米黄色的年糕下，还垫着一片墨绿色的树叶。东山夫人告诉我，这是花园里茶花的叶子。

以上文章摘自中国作家陈章武先生的散文《在东山魁夷家做客》，文中的东山即日本名画家东山魁夷先生。

东山魁夷是我喜欢的一位日本画家和作家，他的画有一种纯朴和静谧的风格。我是在 20 年前无意中在台湾《艺术家》杂志上看到他的一套以《白马》为主题的组画而被他吸引的。长时间静静地观赏，东山魁夷的画在清澄的静寂中蕴藏着幽深的内容、浓郁的韵味，强烈地撼动人心。他的散文作品亦如是。

川端康成曾经为东山魁夷的画集写序，他面对东山魁夷的画时，“久久地站在倾听海的浪涛声、河的流水声、瀑布的倾泻声，达到无我的境界，虽是海的声音、河的声音、瀑布的声音，却忘却它是海的声音、河的声音、瀑布的声音，还以为是大自然的声音、辽阔世界的声音，也就是说，自己仿佛也完全融汇在声音之中。那就是寂静”。

寂静竟是有声音的，而且是最强大的声音，盖去了所有的声音。

佛教的莲池大师在《古语四颂》的其中一则是《大音希声》——不音之音，名曰至音。沉沉寂寂，吼动乾坤。无叩而鸣，古人所箴。学道之士，默以养真。

这也是老子说过的：“大音希声，大象无形。”意思是：“最大的音乐声，听起来没有声响，最大的形象，看不见行迹。”这是艺术和美的最高境界。

艺术作品的创作者是人，但必须是进入自然朴素，进入一种道的境界，看不出人为的痕迹，而是创作者本真的显露的艺术作品，才是最完美的艺术作品。

川端康成形容东山魁夷的画，正是“大音希声”。

川端康成承认自己因心绪寂寥、衰顿和忧郁造成的病，自从亲近了东山魁夷那“飘逸着一种沉寂、慈悲、温润的气息”的图画和文章，日益得到治愈和复苏。

艺术有一种力量，让人的心柔软，让充满缺憾的人生更加丰富和华丽，也让生命中的苦难和不幸的伤口，逐渐复愈。

东山魁夷对生命的坚持和对绘画的坚持是同样的。在失去了所有的亲人、情绪低落也想跟随着去的时候，令他从死亡边缘抬起眼的，是风景，风景使东山魁夷重见光明。

当他发现“自己的生命之火就要熄灭了，自然景物却充满了旺盛的活力”时，他受到强烈的震撼。从前在他眼中平淡无奇不置一顾的大自然使他感到充实而满足。此后对自然风物他不仅是因为要绘画而刻意去观察，而完全是以一份爱的感觉去接近自然。

在《一片树叶》文中，东山魁夷这样写：“如果花儿常开不败，我们能永远地活在地球上，那么花月相逢便不会引人如此动情……地球上瞬息即逝的事物，一旦有缘相遇，定会在人们的心里激起无限的喜悦。”

因为人生遭遇坎坷崎岖，对世情早已看化，因此无常和缘分，在他笔下轻描淡写，口气和语句并不是浓郁鲜烈的彩色，而是水墨一般的平淡素朴。

淡淡的几句话，对长年在期盼花儿永远盛开，相遇即不愿分离，相逢不要分手的平凡思想的人，引起极大的启发。世间本来就没有事事如意，所有的美好皆为稍纵即逝的缘分，如果没有分别，相逢时怎么会有欣喜欢悦的快活？

以描绘风景著名的东山魁夷，他的画曾被日本政府当成礼物送给各国领袖，包括毛泽东、伊丽莎白女王等。从观察中，画家发现风景和人类的生存是息息相关的，他更希望“我的风景，也可以成为我们的风景”。因此他试图通过绘画寻求知音和可以共鸣的人。画家曾经说过：“我是画家，但我首先是一个人。”他的画是“通过自然景物本身抒写人们的内心世界”。

为了写生，东山魁夷到国内外的大城小镇四处取景，“即使在最平凡的风景之中，人们也应当找到与自己的心灵息息相关的地方来”。将自己和自然融为一体，他从大自然中深刻地体会到生命的含义。

东山魁夷的生命因而丰富多姿。

观赏一朵花，为它的美丽赞叹，可是，东山魁夷却把花，放在水里静观闻香；对看一片叶子，见到叶脉的纹络，没有一片是相同的，可是，东山魁夷却用一片墨绿色的叶片来盛糕点宴请来客。只要拥有一颗细腻而深刻的心去体贴领会生活中的每一样东西、每一件细节，生活自然发出光彩。

“生活在世界的万物，都有一个相同的归宿。”东山魁夷看见一叶坠地时，如此感叹，但是，他没有惶然惋惜或绝望不安，“正是这片片黄叶，换来了整个大树的盎然生机。”

一片飘坠在地上的黄叶，生起我们珍惜缘分和生命的心。

不必为树叶的飘落悲伤，让落叶带我们走向澄明之境，而在叶片尚未坠地之前，我们把握机会，再一次和画家、作家一起欣赏叶之美吧。

紫阳花故事

2019 年 6 月，盛暑，在福州，我遇见了自 2008 年开始到处寻觅的紫阳花。

初夏的福州天气变化很大，今日还着寒衣出门，明天气候却火般炽热，只适合穿背心。热带来人手脚慌乱，不懂怎么着装去应对这酷夏季节。没想到才过两天，竟又变成出门时明明晴空万里，走到路口倾盆暴雨。问当地人，原来这段时间是江南梅子成熟期，南方有句流行谚语“雨打黄梅头，四十五日无日头”，意思是黄梅季一开始便下雨，持续连绵阴雨叫人一个半月也见不到太阳的脸。

“黄梅时节家家雨，春草池塘处处蛙”，诗歌极其优美，感觉“湿”情画意，现实生活中的炎夏天气却是变幻无常。成天淅淅沥沥，黏黏糊糊，高湿度高温度，全身汗如雨下的闷热，叫原来相约出来散步的我们，情不自禁脚步一起转换方向，走进了有空调的购物广场。

约好散步后用餐的福州好友王茹带我上十楼，步伐缓慢是因为时间过早，却也是因为眼前出现了一片花团锦簇。饮食广场靠近观景大玻璃的一个角落，摆放着累累盛开的深蓝绛紫粉白翠绿嫣红球球大花，明艳绚丽的五颜六色正展开笑脸迎接前来的客人。一丛丛繁茂簇拥的大球花，造就一副“煊赫”气势，引得我们两人不约而同开口赞赏“好美呀！”

我用行动来表示我的赞美，停住脚步睁大眼睛观赏润泽饱满生气盎然的花，王茹则重复说“真的是，真的是太美了！”她昨天出门并非刻意去买花，不过是路过，突然抬眼一见，顿时钟情，结果捧着一枝花回家。像这样由繁复娇柔的数百细小花朵攒成一团硕大花球的花，一枝花就可以成为一束花呢！我也想要买呀！可惜带不走。我在嗟叹时，她说“至今仍不知道花的名字！”这花的模样，我看着，很像绣球花。说很像，是因为我认识的绣球花，只有深蓝和浅紫，也绚艳华丽，可色彩没眼前如此丰富多彩缤纷夺目。

忍不住上网搜索，原来这叫紫阳花。“啊！”我用手掩着嘴，以免吃惊的声音跑出来。从前读过一本日本翻译小说《紫阳花日记》，边读边好奇揣想，紫阳花是什么样子的呢？那个年代网络尚没有今天盛行，不知道要去问谁，也就成为一个不解之谜。

拎着这个谜，四处寻找十多年，终于看见斑斓瑰丽的花旁边，写着花的名字：“蓝边绣球花”“红帽”“弗兰博安特”“奥塔克萨”“雪球”“粉色佳人”“欧洲荚蒾”“蓝宝石”“太阳神殿”“纱织小姐”“隅田花火”……名字多到令人眼花缭乱，跟花儿一样动听悦耳，曼妙绰约。

紫阳花在古代日语原名“集真蓝”，集合了真正蓝色之意。日本不少俳句大师为紫阳花留下名句，如小林一茶的“紫阳花虽然变幻多姿，最后却是以一种颜色凋零，这份美艳真是虚幻无常”（原句日文，中文翻译取其意），读来真令人惆怅，虚幻无常的不正是人生吗？是因美艳所以虚幻无常，或是因虚幻无常所以美艳？还有《万叶集》里的“树木静无言，无奈紫阳花色变，迷乱在心间”。七彩的花迷住人的眼，人的心自己要迷乱，与花又有何相干呢？

资料告诉我们，日本人称“紫阳花”，但这名字却是中国人取的。

这人是大名鼎鼎的唐朝诗人白居易。据说，在杭州灵隐寺“岩顶崖根后产奇花，气香而色紫，芳丽可爱，人无有知其名者。招贤寺僧取而植之。郡守白乐天尤爱赏”，白居易特别爱紫阳花，爱到为花留下诗句：“何年植向仙坛上，早晚移栽到梵家。虽在人间人不识，与君名作紫阳花。”

日本人借来用之后，变成这个民族最喜爱的花之一。紫阳花的颜色随种植土壤的碱酸度及观赏时间产生不同的变化，因此又叫“七变化”。书上说紫阳花的花语是“花心、善变和见异思迁”。还有一个明治年间的诗人写的俳句：“紫阳花呀，昨日的真话，今日的谎言，你信吗？”

听说了紫阳花花语，才更了解为什么书名

要叫《紫阳花日记》。阅读小说大概是在 2008 年左右，作家是日本籍的渡边淳一，内容描述一对中年夫妇的爱情和生活，真正要表达的是人性的复杂和多面，还有人性的弱点、人心的善变。

小说里的男主角和妻子就像所有中年夫妻，结婚十五年后，生了两个孩子，爱情在现实中消耗磨损，两个人的感情在无趣乏味的日子里变质和流逝，冷漠成为生活常态，同住一间屋子，却分房而睡十年了。有一天，男主角在妻子的床上偶然发现妻子的日记，日记封面是一朵硕大的紫阳花。抑制不住好奇的他，偷看妻子的日记之后，惊慌惶恐，因为日记里记录了他的背叛和不忠。原来妻子早知道他有外遇的事，却从来不说出口，只在日记里吐露心事。

平静的生活突然被打乱了。

这时小说读者和小说中的男主角一起变成偷窥狂，跟着男主角从中了解妻子的内心。没有爱情，却有关心，是这样吗？或者男主角只是在关心自己？作为读者开始思考爱情究竟是怎么一回事。当男主角不停地追踪妻子日记里记录的他的出轨痕迹时，突然来了一个转折，妻子秀丽的字迹里，一个字一个字写着，她和从前念大学时期的一个教授开始了交往……

本来在小说里被动的妻子，这下倏然转为主动的角色，作为女性读者，读到这里还真有点高兴。当我们以为男主角背叛了妻子，愤愤不平替妻子难过，然而妻子也不放过机会背叛丈夫的时候，女性读者是不是要得意起来了呢？

互相背叛会让爱情会因此变得公平吗？而爱情里是否存在着公平这回事呢？

作为知名作家的渡边淳一，给出的故事的结局却是出乎所有人的意料。妻子的最后一篇日记是这样写的："今后我再也不写了，将所有的事情全部装在自己心中活下去，我也不知道到底能装多久，但有一点是可以肯定的，就是这样的话，时不时来偷看我日记的丈夫，也终于可以安心回到他自己的日常生活中去了。"按这样说，男主角是被妻子愚弄了？妻子到底有没有出轨呢？她是早就晓得男主角在偷看日记，故意创作一个红杏出墙的故事来刺激他，要他吃醋，或者她真的也和男主角一样有婚外情？

这是一个没有结局的小说，结局让读者去决定，也许要从书名“紫阳花”去深思，而我要到十年后的今天，才见识了紫阳花的千姿百态。又名“无尽夏”的紫阳花，在炎热的夏日绵延不断地展开梦幻烂漫的粉蓝绛紫，选择在闷热潮湿的气候里才愿意绽放的紫阳花，以冷色的蓝色为基调，开出夏季的清幽凉意，让看花的人心也醉了。它的绮丽鲜艳是为了安慰被高温度高湿度变得浮躁不堪的人们吧。

眼前的紫阳花默默不语，兀自璀璨烂漫地喧闹绽放。

心安蓝花楹

起初听说，这美艳无比的开花大树在槟城只有在老植物园才得以看见。槟城有两个植物园，新植物园在日落洞巴刹对面不远，望海而邻近市区，范围不大，走一圈仅需二十分钟，也由于规模较小，习惯晨运的人，除非住附近，不然，都只选择赶时间的当儿到那儿健行。

爬到新植物园最高处，是供人运动的平坡草地，槟城著名地标，连接槟岛及对岸威省，长达13.5公里的世界第三跨海大桥就在眼底。距离甚近，天气倘若良好，桥上排队进入或离开绿岛的车子一目了然。气候不佳的话，铺展开来的风景是另一幅烟雨缥缈的朦胧韵味水墨画。

晨光熹微时分，朝露湿润下的花树，葱葱郁郁水汽氤氲，空气一片清新，可惜“老槟城”

对“老”有种特殊感情，大多人嫌此园历史不够悠久，认定唯有年月光阴浸渍的老植物园才是理想晨运场地。

老植物园位于槟城北侧，离市区不过8公里，却已被居于蕞尔小岛的槟城人称为地处偏僻。走过百年沧桑，岁月悠久的花树品种繁多。环境清幽花香袭人的老植物园，内有一瀑布，故亦称瀑布花园。园里流过一条清清小溪，溪边亭子内外时见有人打拳练气功，边上种有竹子及其他常时开花的矮丛和大树，许多小孩尤其留恋溪边不走，是为了清澈见底的溪水里那些颜色亮丽的孔雀鱼，不仅散发诱人的绚艳光彩，伫足相看，还有一种叫人艳羡的自由自在悠游姿态。

那时旅居外州，偶尔回槟，不忘争取时间到老植物园晨运。每逢开花时节，那棵大树的丛花特别抢眼，一球球爆发式地在树上盛开怒放，毫不含糊，无限强悍非要人看见不可，一副以多取胜的姿态夺人眼目。羽状树叶在开花时节往往落光了去，无叶的枝干唯余下一树紫蓝色花。

车子刚抵植物园，泊好下来，站在园门外，那棵璀璨明艳的大树，像园中最明亮的一颗星，在远处熠熠闪耀，吸引了众人的视觉焦点。

美术色彩学说明，在光谱中，紫色的光波虽然最短，穿透力却最强。人的肉眼对紫色的接收反应格外强烈，就算距离遥远，仍然可以清楚看见。

绚丽的紫蓝颜色花儿虽然不言不语，静静挺立，绽开盛放时，却成为园里众花树当中，最多游人行注目礼的那一棵。

一见钟情以后，每当紫蓝花开时节，工作再忙碌，也蓄意拨出时间，清晨醒来就过去老植物园漫步，说是晨运，也是，不过却特地在花树下流连，表达对紫蓝花的美的赞叹。

心里一边极其同情其他品种的花树，哪几棵不幸生长在它的旁边，尽管鲜花缤纷，努力绽开，相比之下，全都黯然失色。

为不知名的紫蓝花树流连老植物园，仅仅是因为美，没有刻意去寻找它叫什么。有时和槟城的朋友提起，竟然人人皆无法叫出它的名，然而，曾经去过老植物园的人，多数被它夺人的美艳震撼过。

1884 年热爱植物的英国人查尔斯·柯蒂斯筹建植物园时，为了种植热带经济作物和收集热带植物物种，园内植满不同品种的奇花异草。游园的人如也爱花爱树，一边健行一边观光，则眼花缭乱目不暇接。很多游客到来的目的，是为了观赏一进入园里时，种在人行道路两旁的一种非常特殊且罕见的炮弹树。

常年青绿的炮弹树，源自南美，尤其多见于亚马逊盆地，传至印度已有两三千年，泰国的园林亦常见。炮弹树的高度可达 25 米，花开时候分橙色、鲜红色和粉红色，整串成丛，约 3 米长。炮弹树得名是因为这树结果时，坚硬的果实直径足足有 15 至 24 厘米，当巨型的棕褐色果实成熟后，掉在地上会发出像炮弹一样响亮的爆炸声音。这罕见的树的特殊样貌，诱惑游人停伫脚步，啧啧称奇，不舍离开。就连槟岛旅游书也强力推荐，叫旅人不能错过观赏老植物园的炮弹树。身为槟城子民的我从未注意，是从一个本地画家的水彩作品中，对它留下印象。可是，知道以后，每回走进植物园，快捷的脚步随着情有独钟的眼睛，心急想见的，照样是那紫蓝色的夺目之花。

美丽的花在花落时节，竟也是美。轻风吹掠，紫花一阵接一阵，不停不停地，像串联般一再断断续续飘逸下来，远远瞧看，仿佛空中洒下片片的紫蓝花瓣雨，不断连续着，周边浮游着一种悸动人心的怆恻凄美。

自一个庭园设计的朋友口中，才知花的名字叫蓝花楹，原产于阿根廷和巴西，每年 6 月是开花季节。年年到南非探访姐姐的朋友知道我爱上此花，叫我无论如何非得想方设法到南非一行，那儿大街两旁的行道树全是明艳绚亮的蓝花楹，花季一到，路的两边成为无比壮观的璀璨。紫蓝花绽开盛放时，树上完全没有一片叶子，紫蒙蒙的色彩在空气中呈现一种朦胧迷茫的神秘之美。蓝花楹的诱惑固然强烈，南非却有太多治安败坏的新闻报道，缺乏冒险精神的人，只好让神秘的美丽继续蒙上神秘的色彩。

花开了，但花终究要谢，世间没有不朽，道理很早就已经明白。一片树林的繁盛之丰美与一棵花树的孤单之凄美，亦不必相互比试，各有各风姿，各有各精彩，各人各有所爱。

离开槟城二十年，在外地搬了几次家，有的小镇一个公园也没有，辗转到有些地方，就连种在盆里的花也没法带走，那感觉不只像在流浪，还带着深度的惆怅和流放的悲伤。

重新搬迁回来，和蓝花楹靠得很近，牵挂的心似乎有了搁置的位子。从此以后，纵然并非朝夕相处，可是知道它在那儿，在老植物园中，开一趟十分钟的车，立时可见，那是回返家乡的心安和愉悦的幸福。

火山脚下的花一直在开

印尼巴厘岛的巴杜尔火山，要说高度，比不上以海拔 3142 米排名冠军的阿贡火山，但它却是巴厘岛名声最显著的活火山。自 19 世纪开始，两百多年来它曾经爆发过数十次，其中最严重的三次，猛烈滚烫的火山熔岩几乎吞没了整个巴杜尔村庄，形成今日三个火山口的特殊景观，也让它成为世界各地旅客纷纷涌来观光的名闻遐迩景区。

位于巴厘岛东北面，气候凉爽的京打马尼高原，这海拔 1717 米的巴杜尔火山又名“巴厘富士山”，据说是日本旅客服膺于它的雄壮瑰丽而取的别称。在附近一家满是游人的餐厅，我选择了一张面对火山的户外桌子。朵朵白云在碧蓝晴空上飘移，明媚阳光下蔚蓝的粼粼湖水，辉映得周边的树林益发青翠葱绿。隔着绿意盎然的树木，黑色火山焦土夹杂在褐色泥土里，构成并不着意却赏心悦目的自然图案，比画家的手绘作品更加精彩。闲闲坐着，清凉的山风吹拂过来，近处的嘈杂人声，远地的倾轧人事，随着凉快清风的掠过而逐渐消逝。

山脚下马路迂回穿过树林，汽车排队在逦迤的路上曲折延绵攀爬，我们刚才慢驰的汽车亦成为别人的眼中风景。车子早上自投宿的酒店开出来，小路两旁植满整齐有序的花树，姹紫嫣红，以为是政府规定美化环境的结果，原来植树者为自发的村民。小村共有居民 795 人，如非人人皆来栽种，定是每家每户至少植下一棵。

岛上每一小村规定一树种为村树。此村村树名“plumeria”，非常悦耳，也叫“kemboja”，亦极动听，可它竟还有另一个旋律优美的名字“frangipani”。

到底应该叫它什么呢?

美丽吗?司机回问。

是呀。绿色的椭圆长形厚片叶子油光滑亮，五个旋形花瓣有的红到发紫，也有黄得炫目，两色花都从深色的内里过渡到浅浅的外沿，逐渐化为粉白色，打开车窗，幽幽香味伺机越过玻璃隙缝穿透进来。

这就够了呀。长年和大自然和谐相处的当地司机，日久成了哲学家。名字并不重要，对吗？

坐落于稻田边沿的酒店，小而精美。夜宿时分，跟在行李员后面，走向披着亚答屋顶[1]拱门后边的小屋。铺就的石子路旁阴暗的灯光下，影影绰绰的叶片在风中摇曳，风里传来鸟叫和蛙鸣，不知名的昆虫也“唧唧唧”地像交响曲演奏，声音时高时低，时大时小，缥缈又真切，贴近似遥远。

是录音机吗？城市人竟提出一个愚蠢的问题。

微笑的行李员低头并低声，满满崇敬地告知：这是大自然的声音。

房间在一楼，近处有花园，远处有稻田，

---

① 亚答屋顶：亚答屋为南洋传统建筑，屋顶由“亚答”树叶扎成一排铺成，有良好的透气度，可消暑避热。

黝黯中的静寂里，蛙、虫、鸟的热闹叫鸣居然不喧不嚣，缺少代表外在物质繁华的霓虹灯，卧躺在大自然的音乐声里，不过傍晚八点半，平常这时间还在忙碌地赶稿或绘画的人竟然不知不觉就入眠了。

睁开眼睛，没关好的窗帘闪进一丝光亮，隐约的亮光里响起充满诱惑的鸡啼声。掀开薄纱蚊帐，轻轻打开木门的横栓，也打开了从前的年月光阴，拉横栓的声响让我回返小时候跟妈妈到山上外婆家，住在大街外祖父店里的记忆。黎明时分嘹亮的鸡啼声就拴在童年外婆家的岁月里。

开启木门的“咿啊”声并无惊动外边的蛙虫鸟蝶。伫立在露湿的阳台，远眺一片苍翠欲滴的青绿晨景，蛙照呱声叫，虫儿依样鸣，啁啾的鸟曲仍然清脆，晨运的蝴蝶在草木蓊茏的花丛中飞舞。池塘睡莲已醒，屋旁依随太阳升起而绽开的单瓣木槿花淋漓舒放出朱红的喧哗，沾露的玉兰在房门口散发薄薄的香气。昨夜过于黝黑，没看清楚房里户外飘逸的浓郁馨香是来自这黄白色的修长尖瓣小花。

火山边缘的餐厅亦有香气，是侍女头上斜斜插着的鲜花，灿烂的鹅黄色在黑色发上增添雅致的风情，原来“plumeria”“kemboja”“frangipani”，不同的名字，说的都是她头上斜簪的鸡蛋花。巴厘岛并非四季分明的海岛，常年灿烂绚放的花却给予旅人春天漫丽的美好。“花之岛”的别名固然是因全岛处处皆花树，也来自岛民对花儿的痴迷。他们不仅爱种花，也爱插花，不只簪在头发上，还摆在房间角落的浅水盆里，浮动的香气因此在房里袅绕不散。下楼吃早餐之前，先获得水伶伶、红艳艳的鲜花搁在每一个梯阶边上的惊喜，插在餐桌瓶中的是深黄小雏菊，跳跃着音符名字的鹅黄红紫鸡蛋花，焕发在桌布上咖啡杯的小碟子旁。

花，是岛民生活中的主角。

路上经过一间又一间的暗红色庙宇、一大片无垠无际的碧绿稻田，可是马路极窄，问司机可否别再在这羊肠小径颠簸而改走大路，哲学家回答：路大路小，并不重要，只要可以到达目的地也就是了。然后毫无芥蒂地笑：我们其实一直走在大路上。大路或小街，处处神像，围着黑白或黑红格子布，头上、双手，连耳朵都每天换上不同颜色的新鲜花朵。那些身着具有马来特色的Kebaya①，细腰丰臀款式的薄纱上衣配长长窄窄的纱笼裙子，走起路来款款摇摆，风姿绰约的苗条身材妇女信徒，大清早捧来椰叶和香蕉叶折成的四方形盘子，里边是一点点米饭、一小片饼干、少少的菜肴、数朵不同色彩的鲜花、几根绿草、几片青叶子和一支点燃的香，她们祭奉神明的神态虔敬诚挚。

花是生活中的主角，拜神是生活中最重要的大事。一天要拜拜三次，清早祭神的物品就是当天要吃的食物。

人必须让神先吃，过后才可以开饭。

尊敬神，尊敬自然，是岛民的情感底蕴和生活态度。

之前知道我有巴厘岛之行，印尼棉兰的钟

① Kebaya：印尼和马来西亚妇女穿着的一种传统女衬衫，是马来传统服饰的一种。

逸先生在电邮里说："今天默拉皮火山延长应急期限，布罗莫火山蠢蠢欲动。"他也告诉我："印尼有五大火山：苏北的锡纳朋，楠榜的喀拉喀托之子火山，占碑的葛林芝、中爪哇的默拉皮、东爪哇的布罗莫都仿佛在互通声气，蠢蠢欲动。如果这五兄弟同时爆发，后果不堪设想。"人不在现场，遥想的感觉似难以明白的抽象画，电邮里的讯息归为听说。

身置千岛之国的火山旁，听到巴杜尔火山最后一次喷发是在 1999 年，当时有两个澳洲游客来不及逃离，客死他乡。具体的担忧即时攫走微笑和自在，餐厅食物马上失去诱惑。唯有火山脚下淳朴的人民对火山的磨难没有悲伤或恐惧，微笑照旧流漾：他们相信生死有命，不必忧虑太多，一切都是神的旨意。

火山的爆发，破坏村庄，攫取人命，火山灰土却为耕种植物提供了富含矿物质的肥沃土壤。品种繁多的蔬菜水果花树，在市场堆积如山。旅游期间，尝过味甜如蜜的百香果、超甜的芒果、蜜汁般的黄梨、香甜的木瓜、多汁的西瓜、香腴的牛油果，路边看见过茂密的椰子，到果园参观并品尝过香醇的咖啡、可可，还有路旁售卖叠得像小山高的红番薯、路过时处处可见梯田式的繁茂水稻……

到底应该害怕火山还是歌颂火山？

“我们一天祭拜三次，神知道应该怎么做。”午餐后回酒店的路上，因信仰的支撑而信心十足的司机仍然眯眯笑。

坚定的信仰让岛民得以坚毅勇敢地面对火山，对生活照样充满憧憬，悠然恬适接受一切人世的兴亡，任何远忧和近虑，告诉神，由神来作主。人们做自己能力所及的，努力为更美好的未来奋斗，用心为美丽大自然植花种树。在“花之岛”上，宗教不只给他们安抚，还给予他们心灵的依归。火山爆发，火山暂歇，就像花要开，花要凋谢。岛上的花树只有凋萎，不见萧索，绽放的花儿永远是每天生活的主角。

旅人来了，又走了；火山脚下，花一直在开，生活一直在继续。

有玫瑰花的画室

带了三朵玫瑰花到画室，然后才发现，整个画室居然找不到一个花瓶。

画室开幕那天收到一室的花团锦簇，保留三天，看见花开看着花谢，凋零的花，有些一瓣一瓣掉落，有的卷得像皱起的眉头，再也展不开来，然后就整个一大朵，“嗒”的一声坠在地上。本来新鲜花朵的香气，在时间里逐渐逐渐消失在空气中，干瘪的味道极不讨喜，整理收拾丢掉以后，晃眼过了两年，这么长时间，从来不曾带花到画室。

实在无法想象，也再不好意思叫自己是爱花爱画花的人。

鲜艳的花带来明亮好心情。后来搜索到一个圆胖肚子小嘴巴的暗绿色瓷瓶，是刚刚泡完的大红袍茶叶罐子。装进干净的水，三朵玫瑰插在瓶子里稍嫌宽松，斜斜地倾向一边，竟有美人斜倚美人靠的妩媚姿态。又把三朵花剪成不一样长短，玫瑰花们就在同一个瓶子里，以不同高低的层次显示它们的鲜活明艳。

阳光从我画室有格子的长形窗子透进来，在地上打格定下光暗之处，玫瑰花的绿色瓶子摆在铺垫黑色厚布的大画桌上，显得小小的，令人心生怜爱。落在地上的阳光斜斜折射到桌上的玫瑰，影影绰绰的玫红色仿佛把我的白色宣纸也染了一层淡淡的红。

未曾在画室遇过如此这般的明媚与芳香，看着竟呆了。

上一次遇见令我惊艳的玫瑰是在伦敦。住在海德公园附近最美好的事，莫过于每天清晨到公园散步。海德公园是英国最大的皇家公园，占地 159.86 公顷，无法想象在地价最昂贵的伦敦城市中心居然留下这么一大片免入门票的公园。16 世纪，这儿本来是国王的狩猎场，后来伦敦市区逐渐扩展，变成市中心。今天的海德公园被称“伦敦的肺脏”。

走不太远，找到目标，是原白金汉宫前的大理石拱门。1851 年白金汉宫扩建时，精雕细镂然而门洞太过狭窄的它被拆迁到这里，看到石拱门意示着“演讲者角落”就在这附近。

我专为寻觅“英国民主的标志地点”而选择住在海德公园附近的酒店。19 世纪以来，每个星期天下午，都有人站在原来装肥皂的木箱上发表演说，这个被称为“自由论坛”的地方，也有人称是“肥皂箱上的民主之地”。后来演讲者自带梯架，就站在上面慷慨激昂地高谈阔论，除了不允许批评王室和颠覆英国政府之外，其他议题可自由发挥。在这里的演说者包括无产阶级革命的精神领袖卡尔·马克思、列宁，写出《动物庄园》和《1984》的著名左翼作家乔治·奥威尔和社会主义运动早期发起者威廉·莫里斯等。就这样，这里成为英国工人集会和示威游行的“圣地”，每当出现大规模游行示威之前，参加者从各地赶到海德公园集合，在这里迈出示威游行的第一步。

虽然演讲的人不再，但“演讲者角落”仍在。青翠的树木、碧绿的草地、缤纷的鲜花，十六度的寒冷气温里，我在清新的空气里散步，不远处总有薄薄的晨雾在浮游飘移，走近一点雾气就散开了，明知是空的，我却追着雾气向前。呼吸时嘴里的气化成雾飘走了，树的后面突然窜出一只松鼠，像飞一样瞬间不见了。一路上不断和松鼠相遇，在公园里跑步的人不少，肥大的松鼠显然不怕陌生人，它们有时停下来观察人们的动向，跑步的人继续跑步，彼此不干扰，各走各的。

换了一个方向往肯辛顿花园走去，终于找到到伦敦必看的第二个景点“肯辛顿宫”。不是戴安娜粉丝，然而一个女人的悲伤仍会叫另外一个女人感觉伤感。帝王的享受是物质的，心灵需求的爱情不被满足才是心酸之所在。破碎的婚姻里埋藏着两个人的不幸，也许是三个人，当年戴安娜接受电视采访时曾经公开说过“三个人的婚姻太拥挤”。后来变成一句名言。最不幸的是其中一人意外车祸猝然逝世的悲剧。1997 年 8 月 31 日，和查尔斯王子离婚刚满一年，年仅三十六岁年轻貌美的戴安娜在巴黎被狗仔队穷追不舍，最后车速过疾失控，撞上灯柱。

死亡带走的是人，和人相关的故事一直在流传。许多谣言像花的种子，纷飞到处落在地上，便长出一朵朵花来。究竟是真是假，对英年早逝的当事人已经不重要了。人们永远记得的是她对慈善事业的贡献：离婚后她开始关注流浪群体、酒精中毒者和残障病患；她不惧危险，主动亲近艾滋病人，并通过各种拍卖行动，筹集数百万美元用于治疗艾滋病和癌症的项目等；长期关怀弱势群体之外，她还在幕后致力于全球性“地雷禁令”的颁布，生前多次亲赴安哥拉、波黑等战乱地区探访地雷受害者，甚至不顾安全亲自踏进地雷区视察，在她支持下，六十余个国家，上千个团体加入“国际反地雷运动”。联合国授予她“人道主义奖”。

在世时，人们称她“英格兰玫瑰”，这朵英格兰最后的玫瑰虽然已经凋谢，但全世界的人没有忘记她，人们以各种方式追忆纪念她。

我还记得1997年8月31日噩讯传出，白金汉宫门口地上长达一百米的玫瑰花堆得山样的高，成千上万的人送玫瑰来哀悼王妃的那张新闻照片很难忘记，由此看见人们对她的爱戴，也看见婚姻失败的她，由于坚持慈善事业获得她个人的成就和价值。

抵达肯辛顿宫时间尚早，大门还没打开，铁门外却高高地叠起了一束又一束的玫瑰花。外观朴素的宫殿，曾经是戴安娜王妃的寝宫。露水似一颗颗眼泪挂在大多为红色的玫瑰花瓣上，这时才不过是七月底的夏天，哀悼日不是应该落在8月31日吗？

往回走的时候，路过的湖中间有一对天鹅自由自在地游来游去，然后才发现，原来公园处处种满色彩各异的玫瑰花，在阳光下缤纷灿烂地绽放。

三朵插在我画室里的粉红玫瑰，正巧遇上七月的小暑日，那年七月在伦敦的往事，情不自禁浮上心头。

我起来泡了一杯红茶。不是大红袍，是女儿刚刚买回来的，她在伦敦念书时喜欢喝的英国皇家红茶。玫瑰是英国的国花。

情人节的花

“我收到一束风信子。”

情人节快到了，我们在谈花，玫瑰、蝴蝶兰、铃兰、火鹤花、波斯菊、百合花、海芋，正说得天花乱坠，年轻小友突然冒出一句，叫大家瞬息间全闭上嘴。

嘴巴重新打开时，问题掉出来：风信子？是什么？

大家听到彼此都松了一口气，原来不是自己一个人，而是大多数人都没听过。

“是花。”幸好聊天群体中有个开花店的老板娘，她问，“什么颜色的？”

白色的风信子花代表不敢表露的爱。

老板娘这解释一出来，周遭即刻有“呜呜哇哇声”在熙熙攘攘。

“有人暗恋你！”“这时代竟还有无言的爱！”

处于有人说话没人听的脸书时代，大家有事没事都在脸书上大书特书，造成只有作者缺乏读者的现象，因此时时听到嘲讥：居然来到一个嘴巴寻找耳朵的年代。现在突然出现一个没有说话，仅只静静地以白色的风信子花来示意的人，既叫人难以置信，又因其与众不同而变得稀罕珍贵引人瞩目。

你想一想：有人偷偷在心中爱恋着你，然后不说出口，悄悄以花来表示。这样一份动人的浪漫，大家都想拥有，却没有人有。一时三刻，所有周边的人都以羡慕的眼光看着小友。

终于有人打破沉默：“我们一直以为玫瑰才是爱情之花。”

从前认识一个不知玫瑰的朋友，这事情在言谈间无意中暴露出来，他不知罪名何在的无辜神情和坚持不认错的言语“难道不可以不知道什么花是玫瑰花吗”不但没有被众人接受，还被在喝着咖啡的全体朋友蔑视——“你未免太无知了！”

朋友说他会积极悔改。隔年情人节，他送

上白中带黄的菊花，听的人诧异，怎么送黄菊花？他理直气壮地说，二月十四日，花店里所有的玫瑰，早早就卖个精光，去的时候不过上午十一点，只剩下菊花，菊花也很漂亮呀！

菊花漂亮那毋庸置疑，令人吃惊的是，不知玫瑰的朋友竟然知道，黄色菊花的花语是相思呀！原来是花店的人走漏消息。（可惜在现场听他说话的人全部不知道。）送了代表相思的花，黄色菊花却让他的情人脸黑一片，关上门且不接电话。后来才晓得错误不在他，而是每年农历三月的清明节，他的情人通常带一束黄色菊花去拜山。

女人固然喜欢男人送花，可是，送花的男人也要进修一下，给自己来一点关于花的常识，对情人的生活习惯亦需多加了解。

情人节马上就来临，要送什么花为好？这本来是有情人的人才需要伤的脑筋，但喝咖啡的时间，正是无聊说闲话的最好时光，咖啡座上其中又有花店老板娘，这情人节的花便成为热门话题。

情人节送玫瑰是浅常识，谁都晓得玫瑰和爱情关系深厚。老板娘却提醒众人，要送玫瑰也要分清楚，不同的颜色蕴含不一样的意思。红玫瑰是热恋，粉玫瑰是初恋，黄玫瑰是道歉，白玫瑰是尊敬等等，老板娘讲到这里还没说完，另外不同数量的玫瑰，也有不同的比喻，一朵表示你是我的唯一，两朵是世上只有我和你，三朵是我爱你，四朵是承诺，五朵是无悔……

目瞪口呆地听着，有人“大开眼界”，有人“长知识了”，有人继续追问“还有吗？”丰富多彩的现代社会，再不似从前单调，仅只一种玫瑰便足以应付了事。老板娘索性把她原来在店里给雇员上的课文在这儿重复转述：“桔梗花的花语是真诚不变的爱；红蔷薇的花语是热恋；栀子花的花语是永恒的爱与一生守候的爱；昙花的花语是刹那的美丽、一瞬的永恒；紫郁金香代表永不磨灭的爱情……”

花言花语真是门学问，虽不能说高深，但我们都没有花费心思埋头去做研究。可能来到这年龄，大家与爱情稍稍脱了节。可是这回有关花和爱情的聊天，令我想起去年九月在北京的时候，看到的一则报纸趣闻：红娘节目里有一句话："我负责挣钱养家，你负责貌美如花"，这话当然是男人说的，乍听之下，马上打动了所有女人的心。可是，有人提出一个非常实际性的问题："如果往后我不再貌美如花，那么你未来是否还挣钱养家？"记者清晰地分析，教我重新忆起从前有个台湾作家告诉我"美丽的誓言是用来听着开心的"。听的当时，开心就好，过后不必再追究。明白这一点，心平气就和。

从前的人把婚姻看成一生一世，纵然今天大家都好像不再相信，提到一生一世，一致不屑地扯下嘴角说话："这个时代，哪还有一生一世？"

话虽如此，当日期来到 1–3–14 时，大家还是疯狂地用手机或用电脑到处传送："今天是一生一世呀。""在这一天，记得告诉女友我爱你。""一生一世是结婚的好日子。"无形中透露，人人私心底下，对一生一世仍然充满无限的憧憬。

无论在小说或电影，爱情是永远不过时的主题，只因人们对真正的爱情仍有所期待，有所盼望。

情人节因此变成全民在过的节日。

那一则北京的报纸新闻标题是“赤裸爱情”，图文并茂。原来西安一家鲜花店，有人用五十张百元大钞制作了一束“情人节鲜花”，记者为文直截了当写着“霸气外露”。

若隐若现，若有似无，隐约闪现，雾般朦胧的爱情，都是过气的小说情节，谁还有那个时间和心思去猜疑揣测？如今的爱情，一清二楚，明白了当。

当我提起这新闻，有人耸耸肩，然后很坦诚地泄露心事：情人节礼物也希望收到钞票鲜花，至于要被批评是“赤裸爱情”或“霸气外露”，都没关系。

如此现实主义者的想法，是否可能引发一场论争？

爱情是应该留在幻想中继续浪漫，收一束风信子花；或者走进赤裸的现实生活，来一束钞票鲜花？

荷花开在宣纸上

荷花初始开在书上，是文字版。老师用严厉的语气说："全部同学一定要背下来。"瞬间，课室里前后左右喃喃讷讷："予独爱莲之出淤泥而不染，濯清涟而不妖，中通外直，不蔓不枝，香远益清，亭亭净植，可远观而不可亵玩焉。"喃喃了两个星期才背得出来。现在回头看，周敦颐的《爱莲说》其实是很简单的文言文，当时老师解释不清楚，更大可能是自己的愚钝，不明白含义，非得交功课似的死背，苦着脸流着泪当好学生，终于背诵通过，并获得A等，然而对"莲"依然一片模糊，不知所云。

在南洋的我，上的中学，名为华校，一年却只读两本中文，其他科目皆以英文为主。中文古文不容易掌握，也许如此，所以课文凡有古诗词，老师规定全都要背下来，不失为一个学习的好方法。固然一直不明所以，但到老始终朗朗上口，不会忘记。

岁月把荷花变成图片。到处寻找荷花画片，年杪时分一年一度的新年日历，只要印上中国画，都当稀罕宝贝珍藏，从北部到中部搬家九次未曾忘记整理收拾带走，没有其他物品更为牵挂。那是开始学中国画的年代，南洋地方找不到文房四宝。当朋友聚会，我提起中国画用品是毛笔、宣纸、黑墨、砚台，听的人一脸疑惑，你说的那些是什么东西呀？周边的友人，包括很多当老师的华人都不懂，遑论找一本中国画册。几张中国画日历便是我临摹的珍贵图谱。

对我，中国水墨画是一个文化选择，后来我才发现，影响我的，正是当年怨叹声中背诵下来的中国古典诗词。

“接天莲叶无穷碧，映日荷花别样红”，背着宋朝诗人杨万里的诗，努力地喃喃念念，突然发现，为什么在莲叶之中却长出别样红的荷花？

好奇地继续搜索，原来荷与莲，虽然叫法

不一样，却是同一种植物。三国时期陆玑在《毛诗草木鸟兽虫鱼疏》上记载的荷花是“其花未发为菡萏，已发为芙蕖，其实莲”。古代的荷花各个部位皆有各名，小小花蕾名菡萏，盛放开来时叫芙蕖，长的果实叫莲。白话文的解释读到这儿，再次恍然大悟。荷花长的果实，不叫荷蓬、荷子、荷藕，而是莲蓬、莲子、莲藕。“荷花”名称的由来在东汉郑玄、明朝毛晋和李时珍那里，说法一致，认为取的是负荷之意。

难怪古人诗词里，有时候写荷，有时候写莲，也有时候笔下的焦点特别重视花的蓓蕾菡萏。

喜欢诗词影响了我画中国画，因为往往一边读诗诵词，一边看到荷花在文字中徐徐开展。

“碧荷生幽泉，朝日艳且鲜”“镜湖三百里，菡萏发荷花”“绿荷舒卷凉风晓，红萼开萦紫莳重”“十里荷花菡萏初，我公所至有西湖”“小荷才露尖尖角，早有蜻蜓立上头”“荷叶风裙一色裁，芙蓉向脸两边开”“灼灼荷花瑞，亭亭出水中”“红莲相倚浑如醉，白鸟无言定自愁”“惟有绿荷红菡萏，卷舒开合任天真”“世间花叶不相伦，花入金盆叶作尘”，跟着诗人文字行走，行了一段路，就会听到花开的声音，闻到花开的香气。

诗词中有一些似乎明白，有一些不太分明，看着，念着，却有一种“诗情画意”在脑海里徘徊不去，令人回味无穷的这种“意境”是“读中文的人”才可能拥有的情怀。文字作品中蕴含的情趣韵致，让一起聊天的受英文教育朋友深感兴趣，要我翻译，我也明白她们近年来爱上中文的原因，主要是中国今天已成世界经济和商业大国。当我动脑筋时却发现有些词句英文译不出来，只好拼命从侧面加以形容，一起喝茶的她们居然懂了，纷纷认同：“受中文教育的人真幸福呀！”

我一直都是这样想的。

阳光明媚的热带，荷花长年呈萎靡姿态，有时特地到有许多废矿湖可栽种水中植物的霹雳州看荷花，更多时候相遇的是衰败的残荷。枯黄的叶子，掉落的花瓣，花梗叶梗皆往下坠，参差的断枝缺杈插在湖里，颓枝败叶青黄不接，一副凋零枯槁模样，丝毫没有打算取悦游人的姿态和颜色，然而几何画面形成别有韵味的美感，精致极尽时，反而远离了哀伤，一如白居易在《衰荷》说的“白露凋花花不残，凉风吹叶叶初干。无人解爱萧条境，更绕衰丛一匝看”。孤寂静美中蓄满对未来的渴望，让人看见生命不息，悄然待发的禅意。这时完全明白当宝玉说要拔掉那些破败的荷叶时，林黛玉说：“我最不喜欢李义山的诗，只喜他一句‘留得残荷听雨声’，偏偏你们又不留着残荷了。”赏荷人看残荷时刻成为李商隐（李义山）“秋阴不散霜飞晚，留得枯荷听雨声”的知音。

人到中国，听见北京朋友说夏天是荷花盛开的季节，大吃一惊。那么毒辣的太阳，炙得人皮肤发疼，晒得人身上汗湿发臭，荷花怎能挺直伫立在水里张扬绽放靓姿艳冶？

北京朋友不争不辩，隔天带我到北海公园，在酷暑中体验“绿波随风翻滚，万柄红荷摇曳”的愉悦，我们拍摄了所有游客争抢必拍的“荷花映白塔”照片，才悠闲慢步赏荷。浓密如盖的碧绿中挺立着随风摇荡的绰约娉婷艳红，许多花儿已经灿烂盛开，还有更多含苞待放的花骨朵，小小的秀气菡萏和伸展绽放的大朵荷花姿态各异，昂扬清丽。一眼望去，再也容不下其他景物，视线焦点全是荷，八千多平方米的荷花图在眼前展开炎阳下的清凉，隐隐不断的荷花香气随着徐缓的步伐徘徊踟蹰。

有人形容荷之美是“淡、静、洁”，有人说是“香、净、雅”，有人说“清新、自然、纯洁”，每一个形容词意含无穷韵味，叫人回味。

从文字的荷之内涵，到图片的荷之妍丽，再到真实的荷之秀美，荷花就这样逐渐绽开在我的水墨宣纸上。

欲 寻 芳

在我抵达之前，几位教授正在院长室聊水仙，我一进门就听见这话题从未谈过，不禁打从心里微笑，真的是来到了水仙花的故乡呢！

刚坐下，其中一个教授问我："为什么画水仙？"他们翻阅过我刚刚出版的《听香——朵拉水墨画集》，看见里头的水仙都长在水里，不像一般传统中国画把水仙剪下来摆在案头。

"我喜欢有生气的花，再怎么生气勃勃的花，剪下来以后，就不再生长了。"我把水仙都在水里的原因说了，才想起答案文不对题，题目是"为什么画水仙？"

第一次看见水仙是在加拿大，温哥华的街头巷尾，处处可见。我说起自己和水仙的相遇。春天上午的阳光下，那些亮澄澄的黄心和白色花瓣显得夺目抢眼，超大的花骨朵，这巨型水仙和平时在画册看见的中国小品种水仙大有差别。大到一旦相遇，竟看不出它就是我时常盼望相遇的水仙。

导游阿肯指着黄白色的花说，这就是你一下飞机，跟我探听的水仙花。

我多看一眼，心想他应该是搞错了。

水仙的英文名字来自希腊神话中的美少年，纳西瑟斯深爱自己的美丽容颜，在一池静水中看见自己的影子，从此深深恋爱着自己，当他扑向水中想拥抱自己的影子时，竟化为一株美丽的水仙花。读过这神话，我把水仙的英文名字记得非常清楚，阿肯不是听错，就是搞错。

一路绕着落基山脉停停走走，走到后来发现错的人原来是我。

花很大，香味远比不上漳州的水仙，教授说。想来他也见过加拿大的水仙。

一直紧紧记得，画册上的题字，诗词里的水仙“暗香已压酴醿倒”“含香体素欲倾城”“清香自信高群品”“凡心洗尽留香影”“清香不让梅”“寒香寂寞动冰肌”“冰肌玉骨送清香”“淡扫蛾眉簪一枝”，说的都是飘在空气里的水仙花香味。

温哥华路边的水仙，花开得正盛，但香味轻且淡。

“南洋地里的水仙花长什么样？”教授好奇，“也有浓郁的香味吗？”

“南洋没有水仙花。”我微笑。热带山好水好阳光好，但气候和土壤不适合水仙的生长。

他们“哦”的一声露出不可置信的表情：“没有水仙？那过春节时大家家里不摆水仙吗？”

在中国有一千多年栽培历史的水仙，是十大传统名花之一，平常人称“凌波仙子”“花中仙子”，开花时期正值新春佳节。由于“仙”字寓意神仙，水仙在民间便被看作新岁的瑞兆，是平安吉祥花。漳州人过年都要买水仙互相赠送或摆放在神案上供拜，带有吉祥如意、万事称心的好兆头。水仙花的故乡在漳州，但春节期间购买水仙花的可不只漳州人。老舍在《北京的春节》里提道：“从腊八起，铺户中就加紧地上年货，……卖水仙花的等等都是只在这一季节才会出现的。”北京的春节，南方的水仙也千里迢迢赶着到北方去应景。

清代著名戏剧理论家李渔甚爱水仙。有一年，他为过年东拆西弄，等到水仙花开的时候，袋中竟不名一文了。家人建议今年不买花了，李渔问：“你们要夺去我的一条命吗？”视花如命的李渔坚持“宁减一年之寿，不减一年之花”。后来，他把妻子的簪环拿到当店去，换了水仙花回家过年。

南洋华人也爱花，过年也买花，选的都是赏心悦目，寓意美好的花。象征吉利的金黄桔子树，色彩艳丽外号报喜鸟的天堂鸟花，都说是百年好合的百合花，殷红鲜亮的火鹤花，还有因永恒受到欢迎的姹紫嫣红菊花，代表延年益寿，增加福气，而且清丽高雅。春节买花是华人的习俗。可是，我从没买过水仙花。

在中国，水仙和春节的关系极度密切，不只李渔一人不买水仙不过年。到了漳州，便晓得漳州人心中，水仙的地位高占花魁。你没听说漳州三宝之一正是水仙花？爱花爱到当成宝贝一样看待，可见漳州人有多偏心水仙。

施教授特别推荐一位已故的漳州画家苏米隆："他画水仙具有个人风格和特色，非常不一般。""有机会很想看看。"我的脸一定充满期待。水仙对我还是新题材，所有足以参考的图画我都有兴趣。在海外画水墨画的难度，有点像水仙长在热带的土地上。幸好这时代有互联网，互加微信以后，施教授答应"回家把苏老师的图画拍照发给你"。

黄老师见我对水仙的热切，告诉我"大学附近圆山脚下有片水仙花田"，然后感叹"因为发展，水仙花田越来越少了"。

突然，院长说："我们明天去看水仙花。"这建议让我看见院长有颗浪漫的心。

"应该还不见花。"黄老师稍带犹豫，"可能还需要再等一个月。"

"也许有呢？"院长的语气充满希望，"一朵，两朵，总该有吧？"

"唔。"被正能量感染的我大力点头，"我们明天去寻芳。可能能在叶片中找到含苞欲放的花骨朵呢！”

开始画水仙是因为曾经来过漳州。漳州人真是以水仙为荣的。黄老师特地开车载我们几个到水仙花大桥旁边的水仙花田，刚建好的公园，没几个人。风吹拂过来有凉意，在凉风中我们试图走进花田，发现围栏把公园和花田隔开，无路可进去。

望着一步之隔的水仙花田，我有点遗憾。一颗油光欲滴的咸蛋黄样的夕阳，照得水仙花田发出诱惑的黄金光彩。我终于下定决心，尽管穿的是裙子，还是在黄老师和同行的小友丽琴的协助下，攀爬过篱笆。希望没有人看到，更希望没有被人拍照，不然，这个姿态，贴上网肯定会拿到超过一百个“赞”。从前没爬过树，没攀过墙，一直是乖乖孩子，到老了才做这种悄悄越过篱笆，而且是一只脚先翻过去，另一脚再接着跳下去的超越从前的自己的能力的“坏事”。然而，怦怦乱跳的心极其兴奋，起码这动作的伶俐给我良好的自我感觉，觉得自己，嗯哼，还不算老。

走近了，微微青绿色的叶子铺满在土壤里等待阳光轻风和小雨，黄老师用漳州话和田里一位老农夫询问后说：“再过一个月，就可见整片花田里全是盛开的水仙。”有个妇人在花田的畦沟里走来走去，仔细一看是在喷洒农药。黄老师突然走进田里，低头寻觅，我们把他和妇人对话的镜头拍了下来，他回来说：“一个花骨朵也没有。”口气居然带着失望和歉意。

生命就是有缺憾，才有追求。午后的光影和微风，叫我们陶醉在没有花的水仙花田里。不是每一次的寻芳都会有结果，但曾经到水仙花的故乡去找水仙花的美丽回忆，却永远不会被忘记。

寻觅梨花

梨花会出现并让我想要寻觅，是因为一本叫《穿心莲》的小说。

对花的认识，大多先在文字里看见，字里行间让我喜欢上了，才慢慢去了解它们。四季国家的花，在我生活的热带环境不可能遇见。之所以爱上不同的花，关键在于我喜欢文字，超爱阅读的人不可一日无书。当年极少中文读物，留下了我的一个病，或叫癖，到现在无法治愈，就是不管看见中文字的什么，都要拿来阅读一下，一种"有杀错，无放过"的心态非常严重。

有时候怀疑是作者文字能力的影响，其实不必怀疑，应该就是。往往是作者的描述引领我把心交给那朵她笔下的花。

《穿心莲》的作者潘向黎，把梨花写得那么

淡雅、清冷，而且是在小说一开始，刚翻开书页，那一树梨花就开出来相见，“璀璨，好像用银子碾得薄薄的做出来的”。若梦似幻，仿佛假的又像是真的，作者还加上背景：“上面还有月光照着，这么耀眼却是无心的，所以毫不做作，自在得很。”读者和作者一起看得呆了，“站久了，居然看到几瓣飘了下来，像绝色女子在静夜无人时的一声叹息，不要人听见，但若听见了就不能忘记的”。

因为再也无法忘记，开始去寻找，之前未曾听过，未曾看过的梨花，真实的面貌究竟是长什么样子的呢?

宋代王雱感叹韶华易逝的时候说：“海棠未雨，梨花先雪，一半春休。”海棠花瓣还未像雨点般坠落，梨花已经如雪花般纷纷飘荡，春天已经过去一半了。

我便发现梨花开在春日。

春天是赏花最好的季节。

果然“梨花风起正清明，游子寻春半出城”，梨花之美诱人摩肩接踵出城去观赏。唐朝时期的洛阳，诗人崔颢看到“三月梨花飞”，而岑参还告诉我们“忽如一夜春风来，千树万树梨花开”，让人更是眼前一亮。

从日本看樱花回来的朋友大赞日本人生活风雅，樱花盛开，大家相约去“花见”，意思是到花树下一边喝酒吃点心一边赏樱。但她不知道日本这做法是仿效当年唐朝贵族赏梅的优雅。唐人初春赏梅，仲春赏梨花。冯贽在《云仙杂记·为梨花洗妆》记录，梨花盛开季，王公贵族派人来挑选，看中哪棵树型高大优美，花开灿烂，便付钱买下，订日期带家人朋友到树下摆酒吃食，唱歌跳舞，目的为取悦梨花，希望梨树精神焕发，繁茂开花，日后结更多果实，这棵树的梨子，也便属于他家。这场喝酒唱歌的风雅盛会叫“洗妆酒”。还有文人雅士相约到梨树下谈文说诗，“共饮梨树下，梨花插满头，清香来玉树，白蚁泛金瓯”。阅读的人边读诗边想象：一起在梨树下喝酒，梨花纷飞飘扬，落在头上像插了花一样，诗情画意出来了！真是会享受生活的古人呀！

气候温度32℃的热带，开不出素净雅致、不施粉黛的梨花，然而像雪一样洁白无瑕，晶莹剔透的梨花纷纷开在诗人的笔下。杜牧“砌下梨花一堆雪”，苏东坡“梨花淡白柳深青”，贺铸“三更月，中庭恰照梨花雪”，温庭筠“梨花雪压枝”，王周“梨花如雪已相迷”。

终于，确定梨花的色彩皑白如雪。

大自然是公平的，一般绚艳鲜丽的花不香，素雅清冷的白花总带异香。“占断天下白，压尽人间花”的梨花，芳香味道在纸上飘逸不绝，李白“柳色黄金嫩，梨花白雪香”，丘为“冷艳全欺雪，余香乍入衣”，王洙“院落沉沉晓，花开白雪香”，陆游“粉淡香清自一家，未容桃李占年华”，李渔“雪为天上之雪，梨花乃人间之雪；雪之所少者香，而梨花兼擅其美”。

寻找梨花为解开潘向黎在长篇小说《穿心莲》中选择梨花作为开篇之谜。待将小说读到最后，即将结束时，梨花又回到小说里，回到开头时绽放的盛况。

最后这个结尾，是对应开篇。但是，为何

世上这么多花，作者潘向黎要选梨花？

梨是不是离的谐音？梨花是否代表着分离之花？

人生的路走到某一个阶段，分离自动会来找你，无论多么不舍，多么无奈，你都得接受一个难以接受的事实：人生就是不断分离。

分离是成长过程中最难的功课，但我们还是要以积极正面的心态去面对，尽力做到“尽管分离了，也还要继续开花”。

花会开，花会落，人生不断离离合合，最终让我们学会平心静气接受分离。之前免不了难过、流泪、痛苦、悲哀，就像梨花的纷纷坠落，这些哀伤苦痛也会坠落。隔年春天，梨花还会开，分明暗喻着“分离是为了成就更好的自己”。

带泪时候也微笑给自己打气：“花的离开，是为了下一次更美丽的绽开。”

梨花开又落，梨花落又开，但一切都不一样了，人在和亲友、和自己不断的离别中成长。

成长为自己想要成为的自己。小说其中一个章节，是女主角深蓝在梦中遇见从前的自己，这就提醒了我们，只有继续成长才不会愧对年轻的自己。

当深蓝站着看一树梨花，自然绽放，独处凋零，这正是她的追求和坚持：璀璨的开放，独立的自我。她从关心自我的女权主义者成长为关心环境的环保主义者。

就在病毒肆虐全球，人类被困在家，地球正在进行自我疗愈的时候，我选择推介这本小说。

病毒的无情让我们思考，生命是什么？生命里最重要的是什么？当你不断和自己的每一人生阶段分离，你逐渐清楚：爱情不是人生最重要的事；如果你真正懂得爱，你一定要去爱全世界。

新冠病毒让全世界明白，什么是人类命运共同体。

川端康成说：时间以同样的方式流经每个人，但每个人却能以不同的方式度过时间。

在行动管控期间，因为接受中国文化中心赞助的由“访问”网络媒体策划“作家的作家”访谈，我重新阅读十年前曾经读过的我喜欢的书，有了新的感悟，感谢主办单位，让我没有辜负这一场危机时光。

人生除了亲情、友情、爱情，还应该有更宽广的大爱之情。

《穿心莲》读后感：每一个人都应该做自己灵魂的主人，包括女人。

“所有的花开，都是一场大任性，不问人看还是不看，懂还是不懂，自顾自开个尽兴，然后也就随意谢了，必须这样倾其所有，全力以赴，一往情深，义无反顾，才能纵情绽放一次。”潘向黎在小说结束时这样说的梨花，说的正是每一个人的人生呀。

鸡蛋花开

抵达时候，夕阳在山那边任意挥洒，五彩缤纷的晚霞把天空渲染得绚烂瑰奇。几只鸟儿飞过，带着南朝王籍的《入若耶溪》其中两句诗“蝉噪林逾静，鸟鸣山更幽”飞进我脑海里。可是，这景色和诗中风景仿佛无甚相连，仔细一看，飞到眼前的应该是陶渊明的“山气日夕佳，飞鸟相与还”。

酒店建在稻田中央，一望无际的壮阔天空晚霞似锦，远山翠绿层叠，近处树影婆娑。尚未走进大堂，门口神像前供着白色透艳黄的花，多瞧一眼发现本来应该和人距离遥远的神，两边的耳朵居然各插一朵与供盘中同样亮眼的白黄色花，这打扮有趣，立马感觉神与人变得如此贴近，亲切感油然而生。

着瘦腰身上衣，花花纱笼裙的酒店女员工，真像我们在槟城看到穿娘惹服的娘惹，笑意盈盈给我们带路。说是被稻田包围的酒店，置身其中竟是在花木扶疏的花园漫步。唧唧虫叫，呱呱蛙鸣，与平时在美容院或按摩院里，半醒半睡间耳边不断回绕的背景音乐非常相似。

“你们这音乐声是录音卡带或 CD？”提问的人不知道自己的问题愚蠢。

纱笼女子表情诧异，声音略惊：“录音带？CD？没有呀！”

“要不然，为什么有小虫鸣声，青蛙叫声？”笨的人继续追问。

她愣一下，才说：“这里每天晚上都有虫蛙鸣叫呀！”

住在喧闹城市的人拼命想寻找大自然声音，遇到真正的小鸟青蛙叫时，根本认不出这就是原声带。鸟在树上，蛙在水旁，唱快乐的歌，或呼朋唤友来游玩，住在稻田的人家需要录音吗？

骂人没见过世面，通常说你是村姑，你是乡下人。一副轻忽蔑视的眼神和口气，好啦，这回城市人下乡来，同样被看轻了吧！我被我自己，要说是藐视或鄙薄呀?

门牌号码 02 的独立小楼在暮色苍茫里等待我们，天色黯暗间颜色不甚清晰的花木在高脚楼下边影影绰绰，纱笼女子直接把我们带上二楼。

门一打开，尚未看见房子的设计，一股清甜的香气先扑鼻而来，客厅靠右的窗口边，摆着两个大缸。质朴的原始陶缸，没雕龙凤，也没描书法，浅水缸里边有水，白里带黄的花浮在水上，芬芳香气从这里散发开来。

专为家庭住宿设计的木结构小楼有两个房间，两个浴室，设施以土木为主，家私都由原木制作，纱笼布为装饰。卧室里白黄色香花在超大的床上摆成心形，吊扇在天花板上缓缓转出一室四溢的香风。“倘若不够凉快，可以开空调。”纱笼女子的笑脸和缭绕在房子里的馥郁香气相得益彰，心旷神怡的旅客不停点头。

每一个房间，每一间浴室，都摆着浅水缸，在浅浅水缸里斑斓绚丽的花带来的香气熏得室室芬芳。“一卉能熏一室香，炎天犹觉玉肌凉”

说的是茉莉花，这是什么花呢？

“Frangipani.”她一说，我马上便想起了，啊！鸡蛋花！

我们用中文唤它鸡蛋花，有时候也以英文称它。它还有一个更多人知道的英文名字“plumeria”。一回我在香水店看到“plumeria”图片，才晓得一花有两名，皆悦耳极。

据说它的中文原名是缅栀子花。南洋人叫鸡蛋花，既民间又接地气，像花的外形一样平凡朴实，花语是很阳光的“新生和希望”。

告诉我它名鸡蛋花的朋友问，你看它颜色不像鸡蛋吗？听的人再看一眼，大力点头。鸡蛋花在马来西亚属常见植物。马来人最喜欢种在坟地，枝干如鹿角般遒劲浑圆，虬曲多变，繁花盛开时，枝干顶端朝天空长出花瓣外部乳白色，花心内艳黄的花，一簇簇昂首怒放，远远走过的人都看见澄亮明丽的新生和希望。

有时路过马来坟地，见到这边一棵那边一株，开花时节挺长，从 4 月开到 12 月，超过半年时间。经久不凋的花朵先后开放，不是一朵两朵，而是数朵一丛丛簇开，一幅欣欣向荣，生气勃勃画面，满树繁花给人花团锦簇的热闹之美。这里人也称它坟墓花，所以不讨华人喜。生老病死是人生真相，是生命必然过程，明知自然规律无可逃避，无可代替，大部分人仍只喜欢相聚的愉悦，不愿面对死亡的伤悲。尽管鸡蛋花艳丽清香，花形优雅，树干苍劲挺拔，还被佛教寺院定为“圣花”，属佛教“五树六花”之一，人称“庙树”或“塔树”，为寺庙绿化必种植物，可是一般华人住家都避免栽种。

远离马来人聚居地后，少见鸡蛋花了。

不期而待和久未相见的鸡蛋花再度邂逅的那个晚上，鸟声虫鸣蛙鼓花香伴随我们进入梦乡。

来到巴厘岛的游客就算之前不识鸡蛋花，只要在岛上慢行闲走半天，肯定抵挡不住鸡蛋花的诱惑，情不自禁坠入岛花之恋。纱笼女子留下一句“Frangipani 是我们的岛花。除了白黄色，还有红色的”，然后微笑与我们道晚安。

环岛游的时候一路皆是，不管大街小巷，路边、餐厅、庙宇、住家等等，更不用说那些非去不可的打卡景点。几乎每一次下车，抬头一看，在前面等待迎接游客的，都是一排排白黄色和胭脂红的花树。兴旺繁荣，明艳耀眼地花繁叶茂，就算掉在地上的落花，也不显萎靡的蔫巴巴姿态，且芳香仍旧，让人相信巴厘岛的气候和鸡蛋花无比匹配。

晚餐之前，我忍不住问导游："一地落花为何无人扫？"

我等着他告诉我"落红不是无情物，化作春泥更护花"或是"零落成泥碾作尘，只有香如故"，却听他笑着回问："你不觉得这样满地都是落花也很美咩？"

这是哲学家的答案吗？

不管枝头的花还是脱离花枝的花，在巴厘岛人看来，没有不美丽的鸡蛋花。

回到稻田酒店，和同游人说起时，他大笑："导游是印尼人，又不是华裔，没读过中国文学，怎么可能听过龚自珍和陆游呢？！"

巴厘岛人不叫自己印尼人，自称巴厘人，鸡蛋花乃巴厘人之爱，直接唤它巴厘花。他们将它用来拜神，做花串送旅客，制作鸡蛋花形的纪念品，鸡蛋花香味的香水、古龙水，美容品、护肤品，浴用的、洗手的肥皂，旅客可以把鸡蛋花发夹别在耳边、发上，鸡蛋花拖鞋在家穿，鸡蛋花盘、碗、杯子吃饭用，鸡蛋花陶瓷当摆设品搁客厅里，当他们离开巴厘岛后，还有实物让他们回味花之岛的美丽和愉悦。

丰富的社会文化、宗教的神秘色彩、优美的风景里充满各种匪夷所思的神话传说、悠闲的生活情调、独特的艺术作品。四趟巴厘岛游过后，约好 2020 年再到花之岛，不能说全是为了鸡蛋花，然而，来去巴厘岛的旅人无法忘记岛花之烂漫。

一场突如其来的百年瘟疫横扫全球，各国各地为新冠病毒锁国封城，人们再也无法像从前那样，潇洒地提起行李来一场说走就走的旅游，就连晨运也限制在自家花园范围。

刚搬家便遇到因疫情反复而一再重复的行动管制法令，无法自由外出，正好收拾心情和新居。宅家生活的规划除了日常的阅读、写作和绘画，还包括每天晨运时必须认识至少一种新植物。

喷水池边的草地上植满不同品种花树。这日晨跑绕过花园的篮球场，遇见在阳光下熠熠生辉、簇簇夺目的艳红鸡蛋花，巴厘岛的美好时光不禁悄悄回到心中。惆怅刚升起，心理防御机制立马阻止感伤升温。所有过去无法重来，人生本来就是不断向前，疫情下生活纵有各种不适不便，想到为抗疫坚守岗位竭力奋斗，默默负重前行毫无怨言的前线医护人员的付出，为个人安全的禁足和限制又何足道哉？

那年读一篇文章说，“白天的花开是因为夜晚的寒冷”，年轻时的恍然大悟，至今没能忘记。人生路上必然遇到恐惧、惊慌和失去，痛苦和艰辛都是滋润花开的养分，每天带着“花落自有花开日，蓄芳待来年”的期待去看花，不论花开或花落，都是人间的希望呀！

花儿为我而开

每天早上摊开一张宣纸，然后把画笔再次过水、抹干，擦干每个要放颜料的白色瓷盘，准备颜料，倒出黑墨等等，看着是慢吞吞的，其实不疾不徐。旁边的人感觉不耐烦，要画就画嘛，这样摸来摸去的究竟在搞什么？旁人不知，倘若在从前，还得磨墨呢，先在砚盘加水，拎支墨条，细细地研，慢慢地磨。磨墨多磨人呀，后来才知道，磨墨这工夫，是在磨脑子。

手上做事，脑海思考。空白的宣纸等待被画成一幅画，不得不思索，要画什么？要怎么画？如何用墨，用色，下笔时的劲道，构图的模式等等，看着似乎手上在忙碌，真正忙碌的是头脑：要如何突破自己前面的作品。

给作品多一点思考的时间，等于给作品多

一点深度。

初见画家作画，三两下成就一幅作品，觉得画水墨画很容易。轮到自己提笔，发现古人说的“台上一分钟，台下十年功”来到今天一样通用。画家必先对构图布局和形象塑造都有成熟的构思，有所准备才能下笔。宋朝大画家文与可首创画竹叶时以深墨为面，淡墨为背的写意墨竹，开创了墨竹画派，影响到今天。文与可画竹，心里先有一幅竹子的形象，成语“胸有成竹”即源于此。

曾经事事心急如焚的急性人，进入水墨画世界后，学会把所有的事都缓下来，慢一点。

不晓得从什么时候开始，生活节奏变得越来越快，步伐匆促纷乱，日子紧张忙碌，“收获”是时时焦虑不安，急躁不堪。常常幻想以优雅姿态面对群众，原来真是幻想，现实里那个情绪不耐烦，蛮横得面目狰狞的女子，居然便是本尊？我太不愿意相信，更不愿意接受。

对着镜子的时候不认识，假装不认识，如此这般可恶可憎的难看女子，谁要承认自己就是她？

学会慢之后，开始思考，为什么要那么急呢？

朋友到印度旅游，回来告诉我："印度朋友带我进茶室，里头喝茶的大多是中年人。满脸皱纹的印度人大声说大声笑，气氛喜乐谈笑甚欢。待我坐下才看见每张桌上，都有一个小棺材。"华人最忌讳遇见棺材。但这店里的人，似毫不在意。他们语气自然，表情自在，就他一个人不自在。终于忍不住问："面对棺材喝茶，不害怕吗？"他以己之心度他人的腹。带他来的会讲英语的印度朋友用卷舌的英文说："每个人最后不都要用棺材的吗？为什么害怕？"朋友坐下，连一杯茶也没喝完，急急催促他的印度朋友说："我们快走吧。"

"别急，别急。"印度朋友照样沉着冷静，慢悠悠地举杯喝茶，"这么匆忙干嘛，人一生下来，就朝死的路走去，我们慢慢走。"把棺材当朋友，每一个当下都是享受好时光的心态，让他们即使面对死亡也豁然。

学画之后，逐渐明白生存之外，还要有生

活。为了生存，分分钟都活在赶工时间里，忽略生活还有品质。懂得慢之后，逐渐领悟生存固然是责任，但可以把生活过成一种享受的状态。

“带一只蜗牛去散步。”未学画前听见这句话，回应是白眼送一个，然后不屑地说笑死人，顺便低声批评“今天我遇到一个神经病”。学画以后，为留心看路边花与树，走路变缓才突然听见小鸟在枝头唱歌，看到蜜蜂、蝴蝶在花草丛中飞翔，这些风景本来存在，是路过的人有眼无珠。北宋程颢在《秋日偶成》里说：“闲来无事不从容，睡觉东窗日已红；万物静观皆自得，四时佳兴与人同。”世间万事万物，你愿意静下心观察，定有所获，得以享受一年四季不同的趣味。问题在于许多人不知从容，不观万物，不能静下心。一年四季美景，白白美丽，白白过去。

有年春天，明代大儒王阳明和朋友到山里春游。朋友可能平时忍受王阳明的“说教”感觉受不了，这时找到好机会，指着岩石间一朵花问王阳明：“你经常说，心外无理，心外无物，天下所有的物都在你心中，受你的心控制。你认为这朵在山里自开自落的花，也由你的心控制吗？莫非是你的心让它开，它才开，你的心让它落，它就落下来？”这个问题对我不重要，我要说的是王阳明的回答：“你未看此花时，此花与汝心同归于寂；你来看此花时，则此花颜色一时明白起来，说明世界就在你的心中。”那说得太远了，简单地说是“你看花时，花就为你开”。

活了大半辈子，未学画前，从来没有一朵花是为我开的。

在海外生活，几乎是每人一部车，出门开车，抵达目的地还要选择最靠近的地方停车，极少走路，往往是跑步，因为时间紧迫，总是来不及。

开始走进绘画，首件要事是静心，接着放缓脚步，才惊觉之前为了赶路，根本没有用心享受走路。失去路边的风景却不知道自己失去了什么。

白天风景有白日之美，晚上景致亦有夜晚的秀丽。曾经羡慕住在有露台的房子的人，但没露台的我们，就推开窗吧，窗外的天空，一样有星星月亮。平常人仰望天空，看见一闪一闪亮晶晶的星星，学书学画却让人看见繁花似锦的夜空，那本来长满一地的花，到了晚上，开到天空上去。

那日从云水谣土楼回漳州城里的半路，秋日下午的天暗得很快，突然听到坐在车子前边的人惊呼：“看！天上的星星！”开车的人在路边停车，关了车灯熄掉引擎：“不要吵到星星。”静静地，一车五人，两个摄影家，三个作家，静静地，没有一句言语，看着远远近近的黯暗山林，看着模模糊糊晃晃荡荡的树影，看着天空中一颗一颗，成千上百颗的星子，几乎有半个小时，没人提起天已经暗下，是否应尽快赶回城里去。

夜空中的星星，不停地闪烁，那是每个人内心的渴望。无关金钱，无关物质，关乎心灵的追求，灵魂的依托。许多时候，为了生存，渴望往往被忽视，被压抑甚至绝望到被掐灭。忽视渴望、压抑渴望、掐灭渴望的人，不是别人，是我们自己。

把生活慢下来，心情从容淡定的时候，星星便出现了。

起初是为了学画，学会用心，学会观察，学懂了慢，慢的好处是越来越多发现，越来越懂得享受生活，那和有钱是两回事。有钱人有钱，但不一定懂得生活，不一定拥有有品质的生活。

每天早上摊开一张宣纸，不急不躁，慢慢来，有人问我学画是否影响生活？我做了这么长的回答。说到底是一句，如果没有绘画，我的生命虚度，我的人生白过，因为从来没有一朵花为我而开。

想念的水仙

我在微信朋友圈随意浏览，看到日本文友发上来的照片时，无意中看见她桌上一个小小的藤制花瓶里，插着一束绽放得灿烂秀丽的水仙。绚美的水仙照片下边，文友略略得意地陪同她俊俏脱俗的花跟大家打招呼：早安，满屋清香。

在她桌子上那瓶清新雅致的水仙背后是一幅全色窗帘，水仙在如此秀雅的背景下益发明净起来。这张是饭桌还是书桌呢？我没问，我对着照片里的水仙，深深吸一口气，那馨香的味道刹那间飘过来，闭上眼睛的时候，香气弥漫在我家客厅里。

禁不住诱惑，我给她留言：想念的水仙。

她一定是很爱水仙花，向来忙碌的她，居然即时给我回音：明天我还要再去多买一些。

羡慕着。我的桌上没有花瓶，也没有花，我只能羡慕着。日本这个时候也是水仙的季节吗？朋友只要开门走出去，到市集转个圈，轻而易举就买到一束明媚灿烂的水仙回来插在花瓶里，让雪白无瑕的花瓣一片一片缓缓打开，馥郁芬芳的香味一点一点沁入心脾。

无论什么季节，不管哪个市场，我住的城市，永远看不到水仙。这儿没种植水仙，也不进口水仙。周边朋友听我说起水仙，好奇地问我，那是什么花呢？

过年时开的水仙花呀，我说。在中国过春节，家家户户一定要买一盆充满喜庆气氛的水仙回来养在客厅里，等待水仙花绽开，吐露一室芬芳时，那绚烂和芳香就是对新年的最好祝福，是来年吉祥如意的象征。

“哦，”朋友感觉新鲜，“我从来没听过。”想一想，再加一句：“也不曾看过水仙呢！”

热带人从没见过水仙并不稀奇，我也是到后来，一回春天到加拿大和画家交流，才在温哥华路边遇见洋水仙。再到后来，到福建漳州开会，当地人说欢迎我来到了水仙花的故乡，特别带我到百花村去寻水仙。整个村庄全是五彩缤纷、万紫千红的花儿，琳琅满目、花团锦簇、美不胜收的奇花异草使人行路的脚步越走越慢，姹紫嫣红、繁花似锦令人观赏不及，却是在一个花店的门口，闻到一股清香味。循着香味走过去，店主在泡茶，味道源自茶桌上一束雪白花瓣向外舒展内里黄色花蕊的香花。这味道真美，我说。店主笑着招呼，坐坐坐，来喝茶呀。先给我倒一杯茶，金黄色的茶水也很美，然后他指着那一束小小朵的花说："香味来自这花呢！""这什么花呀？"第一次相见的我问。他说："这？这是我们漳州的水仙花嘛。"

这后面有个"嘛"字，意思是你怎么不懂呀？在漳州走来走去的人，肯定认识水仙花的，因为它是漳州三宝之一。

初见水仙，竟然是在这样随随便便的情况下不期而遇。看到我目瞪口呆的惊艳样子，水仙花一定开怀大笑不已。这一束已经盛开得荼蘼的水仙，花瓣即将掉落却还努力撑挺着，散发最后的光彩和香气。另一束比较大的，店主转个身就从背后拿过来搁在桌上："刚采来，你看，许多小花苞在等待绽放呢！"店主的诗情画意，让看花的人也抑制不住要赞一个，而他的亲切自在，叫原本稍带羞涩腼腆的客人，放下矜持毫不客气地坐下来喝茶。

在加拿大看到的洋水仙，和中国漳州的水仙花，似一样又似不一样。花形一大一小，香味一淡一浓。橙黄色的洋水仙较为瑰丽，黄白相间的中国水仙颜色素雅。

日本文友藤制花瓶里的正是中国水仙。水仙进入中国的记录在《北户录》："寄居江陵的波斯人穆思密赠给孙光宪几棵水仙花。孙光宪是晚唐五代花间派的重要词人，当时在江陵（今湖北荆州）任职。"后来经海上的黑潮，水仙的球根冲进海里，漂流到日本。在介绍日本水仙的文章里写着："滩黑岩水仙乡的水仙是从江户时代，附近的渔民将漂流到海岸的球根植入山中开始。"所以日本文友桌上的水仙和我在漳州遇见的水仙应该是同等面貌。

来到中国的水仙，受到的宠爱清楚地揭示在书里。唐诗宋词随便一翻都见水仙风貌。明末清初文学家、戏曲家李渔把水仙当成他的命，听起来像文人多大话的溢美。但他在《闲情偶记》里说他选择在南京安家，为的就是南京的水仙。有一年春天没余钱买水仙过年，家人劝他克制些，就少看一年水仙吧。他只提一问："难道你们想要夺走我的性命吗？"倘若不是为了水仙，他宁可留在乡下过年，才不冒着大雪到南京。结果他把家里的首饰变卖换钱买水仙。"宁可短一岁的寿命，也不能一年看不到水仙花。"可见水仙是他刻骨铭心的对象。

当漳州的朋友带我到圆山脚下，绿油油的水仙花田在眼前，周边却围起了棕褐色的木条围墙，我望花兴叹时，惆怅失望双双携手而来。朋友悄声叫我："来！这边！"他指着前边一条田垄，声音压得低低地："我们翻过这里，可以走过去看花。"

我穿的是裙子！不是为了见水仙穿的裙子。那天到大学去商量隔年"朵拉听香"画展的事，正好来了位喜欢艺术的教授，见我画册里的水仙，他告诉我漳州水仙花田刚刚重新整修，范围壮观值得去看看。这建议赢得我的喝彩，开车到大学过来接我的朋友就有了新任务。他的声音比我的心情更雀跃："好呀！我们现在就去。"

攀爬至木篱笆前，我把长裙拎高一点，发现没有丝毫困难，一个箭步就踩进花田范围。童年时没做过的顽劣事，到老了竟有机会尝试。真是难以拒绝的水仙花诱惑呀！

冷冽的风把空气中流淌的清香送到我跟前，夕阳下一望无尽的水仙花田，漫山遍野布满簇拥间杂在绿色花叶里的水仙，幸福的感觉像水仙花的芳香渗透了我全身。此生也许就这一见，然而这一面已经足够让我怀念。

从此，每一年春节，想念中的水仙，都要在我脑海里开出无数的花。

紫藤花儿不为我而开

面对西湖，突然想起海子1989年的“面朝大海，春暖花开”。花开的时候，是不是一瓣一瓣慢慢打开？也许不同的花有不同的绽开方式，然而，回忆的花却是从远到近，从最久最远的那一次开始。

那是1996年4月底，到南京参加江苏省社会科学院主办的“第八届世界华文文学国际研讨会”，并做《〈蕉风〉40年与马华文学》的发言，当时我在《蕉风》文学杂志当编辑。《蕉风》是马华文学最长寿的文学杂志。那不是我第一次参会，却是首次到南京。对南京的记忆是大路两边新叶初绿的梧桐树，茂盛繁密的叶子有阳光穿过时，影影绰绰地叫人仰头看见美，绿色的叶子添加黄金颜色，风吹时翻飞的叶子都在晶晶闪烁，低头见一地光和影在错落交叠，也是另一种美。南京路上风光无限，热门景点玄武湖、中山陵、夫子庙、明孝陵、秦淮河都去看了一下。南京会议之后，《蕉风》创办人姚拓先生邀我一起到西湖一游。那个时候女儿还小，出来几天已经不放心，见我脸色犹豫，姚拓先生说是杭州画院邀请，如到杭州，不只游西湖，还可以到画院交流，并参观西泠印社。

花开有多美丽，回忆便有多美丽。住的酒店名字已经忘记，却是国宾馆，房间很大，一人一间，我住的那地方就叫柳浪闻莺。卧室外头的景点牌子上写的也是“柳浪闻莺”。老宾馆什么都好，就是不知为何到处有个潮味儿，其实那两天阳光非常明媚，暖风薰醉的春天，花儿开得极好。这景色叫繁花似锦，落英缤纷。也是这一回，我首次见着牡丹花，尽管不如书上描写的厚瓣重色，但那些形容词：沉鱼落雁、闭月羞花、倾国倾城、国色天香全已深植脑海，看着那花，就是千娇百媚，艳冠群芳。那还是用菲林拍照的年代，我却拼命地把牡丹花拍在相机里带回去，完全不在意需要换菲林，需要洗照片。同去的湖南女作家张先瑞说她从来没见过一个看花对花表情如此惊艳，还超爱拍花照片的人。她不晓得南洋地没有那些长在西湖周边的花。桃花、紫薇花、海棠花、梨花、樱花、丁香花是在南洋出生长大的人慕名已久而未曾见面的花，从小在书上读的名字，却要到这一次杭州行才初次相见，惊喜难以遮掩，也不想隐藏，是那样快乐的事呀！竟然真正有机会目睹曾经开在心中的花。更有那一地皆是，不同颜色的矮矮杜鹃花，湖南女作家张先瑞说这杜鹃未免也太常见了，但于我却是头一回相遇。南洋人把九重葛，也就是厦门的市花三角梅称为杜鹃花。真正的杜鹃花终于出来相见，而且以姹紫嫣红的姿态绽放，叫我如何能不细细欣赏，能不快快地把它们的美丽用相机留下。

美丽的何止是花，著名的十景都去过观光：苏堤春晓、曲院风荷、平湖秋月、断桥残雪、柳浪闻莺、花港观鱼、雷峰夕照、双峰插云、南屏晚钟、三潭印月。有些景致不是季节，也看不出十景的美来，但每个地方还是走了一下。西湖处处种植着各种各类的花，然而，回去以后一直没法忘记的却是西泠印社的紫藤花。

在海外，有的华人连华文名字也没有，更不用说刻章，因此没有多少人知道印章的用途。画画人都说作画以后盖章用，坦白一句，当年海外没听过中国画的人比较多。爱上中国画也没机会看见印石印章的大有人在。但因中国画之爱，对西泠印社便有模糊印象，知道杭州西湖边的西泠桥畔有一群爱金石印学的人成立了一个印社。社长是大名鼎鼎的金石书画家吴昌硕。

吴昌硕与任颐、蒲华、虚谷齐名为“清末海派四大家”。到杭州之前，我临过吴昌硕的篆书，没人指导看不懂，把书法当成画来画字，画着觉得有趣，也就每天画几笔。开始时不知篆书家就是吴昌硕。一回看到他的写意紫藤，因为喜欢，特别留意签名，后来重看篆书帖，才知道画家吴昌硕也是书法家。慢慢地，发现他的诗和印之好，这才晓得原来他是“诗书画印”四绝的中国画代表人物。读画书，书上说吴的图画以篆、隶和狂草笔意入画。读着心里生出悲伤，再怎么画也不可能画得像喜欢的画家那般的好。学一点篆书，也学不上手，还要学隶书和狂草，对自己的中国画立马充满绝望。在海外，没人学写篆书，主要是大家看不明白，隶书和狂草应该更加深奥难解吧？

既是印社，里边以书法和印章为主，可惜没时间观赏，只能边走边看。来到筑于1913年的鸿雪径，这鸿雪径出自苏东坡著名的诗：“人生到处知何似，应似飞鸿踏雪泥，泥上偶然留指爪，鸿飞那复计东西？”绿色的叶子自鸿雪径搭的棚架垂下，泥地里盘根错节的枝干纠结，“很像藤呢！”我说的是制作藤椅的藤，搬新屋子时，父母送了一套藤椅沙发，那时候兴藤制家具。

一起前往的当地作家说：“这树叫紫藤。”我惊呼：“紫藤不是花吗？”是我在吴昌硕的画集里认识的花呢！“正是紫藤花。”作家点头。在画集里婀娜妩媚的紫藤花灿烂夺目，团团簇簇仿佛一片紫色云霞，然而，这棚架上徒有绿叶，花无半朵。“没有花吗？”南洋作家大为失望。就在最美的人间四月天，闻名已久的紫藤来到眼前，却没看见紫藤花，这比没有相遇更加难过。

初次到杭州，见到许多花，那些本来生长在书上的花，都在眼前活起来了。真是美丽的杭州呀。然而从杭州回来以后，最想念的花，却是没有见到的紫藤花。真正的紫藤花究竟长什么样子呢？五年后我站在加拿大维多利亚的布查特花园，也是春天，花园里几乎所有的花都在纵情绽放，不论你往哪个方向走去，都有不一样的花儿在等待你来会面，那是个让人不想回家的地方。就在一个转角，一大片炫目串花挂在枝干上，摇曳着紫色的光芒。一件时常牵念的事情，日思夜想久了，某日机缘俱足时，灵感便来了，很突然地花的名字冲上脑海：这不就是紫藤花么？

再一次站在紫藤花架下，这回是在 2017 年 10 月的西湖边。看着花棚架上的弯曲老藤和繁茂叶子，旅游的人行色匆匆，无人停下脚步，我心里的失望没有第一次那么强烈，但仍然失落。因为这回到杭州，到西湖，又再遇紫藤，又照样不见紫藤花。其实后来亦多次到杭州，几次都在春天，不知道为什么，就是和紫藤花缘悭一面。

很爱紫藤，不是从加拿大的惊艳开始，早在中国画的画册里。紫藤花从眼睛落到心里，就在心里不曾走远。我的每一个画展，紫藤一定是展出的其中一个题材。

面对西湖，春暖花开，然而，紫藤花仍不为我开，但已经爱上紫藤的我，却死心塌地叫紫藤开在我的画里。

别错过玫瑰，别错过时光

推开画室的门，马上看见被闷在室内过了一个晚上的玫瑰花，正以幽幽的香味同我问好。幻想的粉红花瓣要比昨天张扬得更夸张的现象没有出现，眼前的玫瑰花瓣正在往内萎缩，原以为桌面上会有掉落的两片三片零散花瓣，也纯属自己的想象。

开始落笔绘画之前，先为玫瑰花换水，希望水里的新鲜空气给我和玫瑰花都带来希望。

全世界的人都晓得玫瑰是代表爱情的花，女人因此对玫瑰充满憧憬。当我在时光的河里捞不到玫瑰的影子，才发现自己错过的不是玫瑰，而是时光。

那个时候固执地梦想有人送玫瑰花来表达他的爱情。

想要的时候，没有得到，后来，玫瑰在生活中时时成为庆典与佳节的常见礼物，每一次接过来捧在手上，看见璀璨花开，嗅闻芬芳香味，确实有些许欢欣轻轻掠过，却已经无法掀起高高的喜悦浪潮。一切都在纷扰的世界、滚滚的红尘里一日复一日淡化了去，包括难过心酸。

一直都不晓得“等待太久得来的东西，多半已经不是当初自己想要的样子”是否属实？曾经为遥遥无期的玫瑰焦虑忧伤，在接受了期盼的玫瑰馈赠是生活中永远无法抵达的水岸以后，身心俱疲地将幻梦的花朵亲手揉碎。

来到这个时候，不能不说一切应该有的都有了，你若问我人生有没有遗憾呢？我的回答是没有。只是，最想做的事情做不了，最想要的东西，始终得不到。

和朋友聊天时，发现这不是一个人的遗憾。积极正面的朋友微笑建议，何必为此惆怅呢？心情好的时候，买几朵玫瑰送给喜欢的朋友吧。

当然有买花的时候，只是不曾产生买朵玫瑰花的冲动。之前用玫瑰有刺，容易受伤作为不选玫瑰的借口，朋友白我一眼，“花店会把玫瑰的刺处理掉啦！”她说了大笑，忘记继续白眼：可见得你不曾买过玫瑰花。

我耸耸肩膀，没有出声，她道出了一个事实。

后来流行4月23日世界书香日送书兼送玫瑰花。在西班牙加泰隆尼亚地区，当地人用特别的方式庆祝这个特殊的节日，传统习俗是男人送玫瑰花给心爱的女人，女人则回赠书籍给挚爱的男人。玫瑰表示永远的爱情，书籍象征知识和力量，当地的书店，会在当天给每位买书的读者送一支红玫瑰。那年我到巴塞罗那，在街边的一个小书店翻书，听到有人用英文在转述这个传说。

因为一朵红玫瑰，知性的书香日添增浪漫情调，一手捧书一手拎一朵玫瑰，竟是每年4月23日巴塞罗那大街小巷的最美风景。

从西班牙回来以后，书香日渐渐在全球各地流行起来。4月变成书香月，每当4月受邀到各地演讲阅读好处，都会收到书籍和玫瑰，丰富精神时心灵也陶醉。玫瑰在这里仍是爱情的代表，只不过已经不是狭义的两性之间的爱情。

本来 2 月 14 日情人节，只有表达爱意的男人送心爱女人玫瑰花，后来，优渥的生活、丰裕的物质加上时代进步，思想开放，几乎所有的人，都在互赠玫瑰，是一种珍惜彼此友情的表现。

英国有句谚语：赠人玫瑰之手，经久犹有余香，意思是哪怕如同送人一支玫瑰花般微不足道的平凡小事，它带来的温馨感觉也会在赠花人和收花人的心底慢慢升腾、弥漫、覆盖。这说的其实是善待他人，就是善待自己。把自己的快乐分享给他人，也就得到分享别人快乐的机会。

超越了男女爱情的玫瑰，大受众人欢迎。赏心悦目的玫瑰本来就很漂亮讨喜，当人们感受到付出是一种幸福，并且发现快乐和幸福都可以传递时，2 月 14 日那天市场的玫瑰花变得供不应求。其他不说，在路上遇见许多人手上捧着一束花，或者拎一朵玫瑰，打从心底羡慕捧花人的幸福。

我昨天就捧着三朵粉红玫瑰，捧着温暖的

友情走进我的画室。

自吉隆坡北上槟城的苹华，之前在电话里约好这回轮到我来尽地主之谊。她建议去一个娘惹餐厅，店名说出来，居然连是地道槟城人的我也没去过。推开门上楼梯到二楼一看，餐厅布置花团锦簇，满得溢了出来的缤纷色彩，变成是一种嚣张跋扈咄咄逼人的围攻姿态，没有刻意要非议餐厅的满堂花哨，只不过，所有事物凡是太过，就会形成无形压力，叫人喘不过气。

食物味道却很地道娘惹。酸辣椒鱼、鱿鱼炒沙葛、炸黄姜鸡、娘惹封肉、娘惹冷菜酸甜阿杂，配蓝花米饭和黑糖姜茶。精致的摆盘让人心动，叫那些娘惹式菜肴立马从眼睛走进内心。如果你看过奢华妩媚娘惹装，见识了颜色对比强烈夺目的细致绣花上衣和多种花样色彩绚丽的纱笼裙，那种丰富精致和娘惹菜的特色同样特殊。娘惹菜的迷人在于香料的调味，每一道菜配合多种香料烹煮，吃的时候（应该用“品尝”），每一口都给人不同层次的香辣酸甜，味道很难形容，却无比可口，吃过很难忘记。

可惜饭后没有极具特殊风味的娘惹甜品，只好选择水果，包括黄瓜、沙葛等，配以娘惹式吃法，就是混合名字叫“罗惹”的香甜辣酱，黑色酱料的味道很南洋，迷幻而奇特，第一次吃的人容易走上极端的爱憎分明之路：喜欢的人非常爱，不爱的人会嫌味道浓烈、香气复杂难以接受，像和榴梿的首次邂逅一样。

独特的酱料且加了辣椒，我们正在“雪雪”直呼好辣好辣的时候，老板走上来，手上捧着三朵玫瑰。

三个女人一起以惊喜的眼神看他，他微笑说：这是送给座上女士的。

唯一的男士照样大方地笑眯眯看着女士们的愉悦表情，毫无失意神色。

去结账时，才晓得苹华早已叫她先生，就是没获得玫瑰花的男士，先到柜台结过账了。

隔天早上她赶回吉隆坡，把友谊的芬芳，留在我的画室。

英国庄园和南洋露台梦

女儿发来一个链接要我有空看看。步入网络时代，过时落伍的老人家，有许多事情需要年轻人帮忙。电子召车、网上点餐、网上银行缴费、淘宝购书、上网阅读等等，几乎一切衣食住行和娱乐，都在网上进行。所以女儿地位堪比家中WIFI。不必说一天，只要是一两个小时没有无线上网，你看你还活得下去吗？我不想承认被网络控制，但认真考虑过，确是不能，所以女儿一发话，我必须立马表示支持。

那一篇写英国庄园的文章题目为："住在贵族庄园里，简直是天天活在英剧里呀！"

慢慢阅读，细细观赏，文章内容和图片，真是给人无尽的遐想。

凡历史文化和充满艺术气息的东西都容易

让人产生怀古思悠之情。

最迷人的首先是历史悠久，历经数百年仍存在的城堡大宅，皆是占地宽广，起码 100 英亩以上的园地，还有让你步行三天也走不完的大园子。有人因此说古典庄园是时光磨砺的珍珠，一颗颗皆历尽风霜而照样散发耀眼光芒。

一眼看去，都铎式、歌德式、巴洛克式等等，还有现代人说不出来的各种精彩绝伦式，目不暇接眼花缭乱，多到叫人不断发出惊叹之声。大部分庄园外观风格的相似之处是：庭院深深的古堡式建筑前边是一条围绕园区的平静无波碧水之河，像从前中国皇宫外头的护城河。往里伸延似没有尽头的无垠碧绿草坪，两旁高高的树像士兵直直挺立，排列成队迎接来客，走近些便见大片爬山虎紧紧攀附墙上。岁月风霜赐给它们更深沉的绿，间杂的褐黄叶片中点缀着新嫩的翠绿，和经过时光沉淀的红砖墙壁契合一起，以一种坚韧姿态散发充满阳光和洋溢希望的和谐色调。

外观古老厚重却素雅静谧的建筑，透着一

切喧嚣静息下来之后的朴素无华力量。大气恢宏而精致优雅的屋里，装潢杂志每期必提的低调奢华原来就在这里不出一声大规模铺陈。所谓小资简约是因为需要节省过日子，古堡里每个细节都镌刻着毫不张扬的精雕细琢。当时人们的审美、生活方式和精神追求都记录在那庄重典雅、瑰丽华美场景中，一边张看一边感觉随时会走出一个莎士比亚人物，继续上演一句句永不落幕的繁华剧目。

正赞叹处处是古典雕塑和古代油画，又惊羡墙边壁上琳琅满目的珍品，目眩神迷美不胜收的摆设品丰姿多采，赶紧把学会以后从没用上的成语“满目珠玑”借来形容。几百个房间，各有各美，大多有壁画还有壁炉，室内的一桌一椅，甚至一根柱子一盏灯，沉浸过的时光岁月之长久比进来参观的人还要老得太多。

庄园大宅拥有私人教堂、私人图书馆、私人画廊、私人练琴室、私人芭蕾舞排练厅、私人酒窖、私人泳池、私人高尔夫球场，甚至私人机场等。“真是叫人心动的英国庄园生活。”“好想拥有呀！”“一生非要去至少一次的地方！”这些话是沉迷图文的人在文章下边的留言。

幸好有清醒的成熟读者这样回应：“我真的变了，以前看到这种古典庄园会觉得好美好想去，现在看完了，我满脑子只有‘物业费多少？冬天怎么烧暖气？落灰的地方这么多会不会有虫？去趟市区要多久’？”

看来似乎风马牛不相及，这句提醒却唤起我的露台记忆。

当年梦想一个有露台的房子，后来果然就有了。特地买几盆色彩缤纷开得正盛的花树，围绕着露台摆放，又特别准备一套喝茶桌椅，摆在花树中央。幻想哪个时间有闲暇到露台泡泡茶，赏赏花，一边看夕阳下的斑斓晚霞如何染织广阔远山的绚烂璀璨，一边期待即将升起的星星和月亮，如何以温柔姿态把安静浩瀚的夜空装饰得妩媚神秘。

自认风雅人，便想做风雅事，无可厚非。后来才发现，拥有一个露台只是再一次确凿印证“现实与梦想往往存在遥远的距离”。

露台一直在，但从来没有一次到露台泡茶或赏景时候。说起来真叫人不相信呀！

一次的失败，没吸取教训，离开槟城迁居霹雳州，买房子时，照样坚持要有露台。

两间都是双层半独立的房子，小家庭人口少，其实不需要五个房间、两个客厅、两个厨房、一个餐厅，但喜欢宽敞希望住得舒服。主客厅宽阔得可摆上乒乓球桌，喜欢打乒乓球的朋友来了没聊几句，就在客厅里开始乒乓球比赛。两个女儿小小年纪就见识了："原来'安哥 Uncle'会讲粗话。"因为赛事的选手一输球便来一句"他妈的！"

每天常去的地方，不过卧室、书房、餐厅和厨房，其他客房和主客厅其实没人在用，更休说位于二楼，需要打开木门和铁花门两个锁头才能出去的露台。

露台上的桌椅和花树在岁月风霜的风吹雨打之下生锈、荒芜了去。

女佣每星期出去洗一次，两层门的锁头一直挂着，家人每天在自己房间办自己的事，等到再打开露台门时，已是搬家前夕。

走出露台，跟霹雳州的月亮告别，哀伤中有更多的兴高采烈，搬回槟城是回乡呀。

露台的梦从北部穿越到中部，最后又以荒废告终。

到底露台有什么用呢？运动、种花、喝茶、看月亮、看山、看树、看遥远的梦想。以为可以在露台做好多事，最后什么事也没有发生。一套买来喝茶的桌椅从新到旧，种的花在花盆里慢慢凋落残谢，剩下花的盆，盆里没花，有些干巴巴的泥土。

以为露台从此划上句点了。

看着网络里的庄园，心里明白：如果连一个小露台也照顾不了，庄园根本是过于奢侈的梦。

说话直接的女儿说，“庄园是让你看着憧憬用的啦！”

然后问我“半年后搬家，新房子有个露台，你要用来泡茶还是画油画呢？”

谢谢女儿让我露台的梦再度启航，无论今年几岁，有梦的人生充满希望。

胸针故事

故事要从一枚胸针说起。

男人非要送件礼物作为相遇的纪念，女人推辞。从不逛商场的男人却坚持，开车载着女人去选购。毫无心理准备的女人对措手不及的礼物有少少的惊喜，却有更多的哀伤。

收下礼物之后，跟着而来的是别离吧？她预测。

相遇的礼物居然也是分离的纪念品。

终于，她选了一枚胸针。雪花叶片中间有颗珍珠，是复古型的设计。对着玻璃下面摆着七彩缤纷，五颜六色的各式各样胸针，年轻貌美的女售货员不是游说，而是态度很真诚地给她介绍。

好。就这个。她不多言，微笑里有一丝酸楚。

售货员包得很漂亮，真的就像礼物，还打了漂亮的蝴蝶结。她把胸针收进皮包。

已经有心理准备，日后他真的离开，她就把冬日的雪花别在胸前。

从此胸口寒意森森。寒意深深。相聚莫非真的就是为了分离？

真是一枚心酸的胸针。

她说的时候，表情并没有很难过，是因为时光久远了吧？她说自己也没有想到，从此，胸针变成必备饰物。向来不喜欢穿花衣，永远以单色为主的她，唯一的花和色，就是胸前那枚有时稍带颜色，有时略为闪亮的胸针，为她身上的单调增添一点点明亮色彩。

喝咖啡时，我问朋友为什么一贯只用胸针不戴其他首饰，她像在说别人的故事一般，把她和胸针的相遇娓娓道来。

之后，我才发现，和爱情有关的胸针故事原来不少。

2022 年 4 月 23 号，英国威尔特郡拍卖了一枚设计简单，没有花样也没有钻石或水晶或珍珠，就是一颗星形，上面英文字为“TITANIC”的胸针，那是属于当年“泰坦尼克”号幸存者罗伯塔·马奥尼女士的，预估拍价为六万英镑。

巧合的是，这枚胸针也是一份礼物，而且是在性命攸关的时刻赠送的，是一枚后面紧跟着分离的胸针。

电影《泰坦尼克号》有一幕男女主角伫立在船板上的浪漫经典“生死相随”镜头，戏终之后，所有人都记住了杰克和露丝那段令人唏嘘的爱情。我们都以为这是电影编剧编撰的故事，星星胸针却告诉我们，有关头等舱女乘客爱上年轻船员的故事，果真有其人。

英国女士罗伯塔·马奥尼 20 岁那年，登上了号称“永不沉没”的巨型游轮，住进头等舱，并爱上了“泰坦尼克”号上的五副哈罗德·罗威。1912 年 4 月，“泰坦尼克”号撞到冰山的灾难，这里不必重复叙述。最终获救的幸存者罗伯塔·马奥尼在十四年后结婚，婚后她决定把这段往事记录下来。

罗伯塔·马奥尼在她的日记里，回忆那晚

的悲剧。当时正在沙龙听音乐的她，感觉轮船开始下沉，被惊吓的她正要起身，“那位船员找到了我，他对我说：‘小姐，我们撞上了冰山，但我不认为（现在）有危险，如果有，我会回来告诉你的。’”遵守诺言的船员在几分钟后转回来，叫她不要害怕，但却要她立刻穿上救生衣。罗伯塔·马奥尼当时并没有意识到事情的危险，她还和船员开玩笑，问他要怎么修复渡轮？这个时刻她看见船员悲伤地笑了笑，没有回答她。而且就在瞬息间，她看见“甲板上到处都是冰，大家看起来憔悴又恐惧”。她立马意识到事情的严重性。

她的回忆日记说明，在这名船员的帮助下，她爬上救生艇，当时艇上大约有三十五人，就在分别之际，这名船员把制服上的白色星形胸针取下，递给了她。

这名船员去了哪儿呢？后续新闻报道：“1912 年，著名的‘泰坦尼克’号邮轮撞上了冰山后，年仅二十九岁的哈罗德·罗威，展现出了非凡的勇气，拯救了船上无数的妇女和儿童。

当时，哈罗德·罗威早已登上了救生艇，却主动回返出事地点，帮助了无数在冰冷的海水里，冻得瑟瑟发抖的人转移。”

事实上，马奥尼的日记一直写着“那名船员”，并没有向任何人透露船员的名字。这是拍卖师安德鲁接受报纸采访时说的。“（马奥尼）告诉她的家人，船员送她这枚胸针，可能是爱的象征，也可能是为了让她记住他，因为他已经预感到自己的命运。”

胸针作为承载着凄美爱情故事的物件，并非像奥菲利亚在《哈姆雷特》中的台词说的“我如何将真爱辨认？谁送你最大的钻石，谁就最爱你”。“泰坦尼克”号邮轮即将沉没前，哈罗德送给马奥尼的胸针就平平无奇。

另有一个蝴蝶胸针的爱情故事，主角是永远的气质美女奥黛丽·赫本和风度翩翩的绅士格里高利·派克。两个人因《罗马假日》这部电影结缘。出身名门，会讲五国语言的赫本，自然让格里高利·派克心动了。然而，已有三个孩子的男主角，因为道德修养，隐忍着对赫本的倾慕。片子拍好上映后，赫本荣膺奥斯卡最佳女主角，并与著名导演梅尔结婚。

格里高利参加婚礼时，带来一枚蝴蝶胸针送给新娘。据说赫本将这枚胸针一直留在身边。赫本的婚姻并不幸福，她和移情别恋的梅尔离婚后，又再结婚，然后再次离婚。1993 年赫本离世，七十七岁的格里高利到来送别时，轻吻了她的棺木，并说出埋藏在心里多年的话：“你是我一生最爱的女人！”2003 年，赫本生前的衣物进行慈善拍卖，八十七岁的格里高利拄着拐杖出席并高价回购了那枚陪伴赫本近四十年的蝴蝶胸针。

关于胸针的爱情故事都是美丽的。但却有多事的记者去搜索资料和图片，结果发现，赫本葬礼上并没有看到格里高利，更不用说出现了轻吻棺木和吐露爱情的那个镜头。还有，也找不到赫本佩戴过蝴蝶胸针的照片。

故事终归就是故事。听起来凄美就更加动人了。所以不要问我，第一个胸针故事，是不是真的。因为我不会去问我的朋友，你的爱情故事是真的吗，或你的爱情是真的吗？

听说爱情巷

旅人特别喜欢爱情巷。

漳州朋友摄影家刘国强首次到槟城，我帮他订了爱情巷附近的酒店，过后再来多次，他哪都不去，坚持住在第一次的地区，靠近爱情巷。爱情巷在他的照片里，无论日与夜，都见万重风情。

爱情巷，又称唐人街的牛干冬街，是槟城老城区乔治市中心一条支路。从槟岛市区最主要街道槟榔路转下来，见到小小的7-11便利店，向左一踅，抬眼便遇到旅人最爱形容的“每一个抬头都给你一个惊喜”的爱情巷。

乍一看，你很难说这条巷子的建筑物属于哪个国家、地区和民族风格。自1790年开始发展的槟城，由于港口城市地理位置的优势，带来的不只国际贸易，还有战争，与此同时也涌进来不同国家的人：中国人、印度人、马来人、阿拉伯人、泰国（当时称暹罗）人、缅甸人和欧洲人，这让槟城不只商业繁荣昌盛，也让我们今天边走边见各种各样风格迥异的历史建筑。根据研究，单是乔治市市区，游客可以发现一千七百多种风格不一的建筑。这个部分保留给研究学者观察和报告吧。

小小的街道，不到一公里长，除了少数几间有庭院的洋楼，其他都是建有五脚基的两层楼。五脚基在马来文的意思是五个脚步，说的是房子的门和外头大路的距离。房子外观样式类似中国大陆南方城市福建、广东的骑楼，不管下雨天或阳光日，走路的人没带伞都不用发愁。小雨时漫步慢行，大雨的话正好伫立在骑楼下看热带雨倾盆而下，总是阵雨，“哗啦哗啦”五分钟十分钟，绝不超过二十分钟，热情的太阳毫不客气出来把雨驱走。窄窄巷子在一片蓝天白云映照下，热气腾腾的阳光穿过高高的房子射下绰约多姿的纷呈光影，旅人的脚步情不自禁缓下来，把手上的相机摆出来。

当年到爱情巷的旅人都是水手。在海上行走多时的疲惫轮船停靠在东方花园的小岛槟城歇息时，局促在船上寂寞无聊了好几个月的水手一下船，双脚刚踩上陆地便疾步快行到爱情巷寻觅爱情。情人相会的快乐像巷子里飞翔的鸟儿，挥着自由的翅膀，唱着愉悦的旋律，也有来寻花问柳一夜风流的短暂情爱慰藉，上船后期盼良久终于获得肉体相拥的温馨，松懈的心情叫水手眉飞色舞，大口大口饮着冰冻啤酒高声呐喊："我爱爱情巷！"

有人制作"水手的爱情升华版"如下："一生中至少应该有一次为了某人而忘记自己，不求陪伴，不求有结果，不求曾经拥有甚至不求你爱我。只求在我最美丽的年华遇见你。"

听说这是爱情巷名字的由来。

我的中学同学住在这小街，家里开咖啡店（兼售啤酒），平日一有空她便在店里帮忙。对浪迹天涯的海员生活充满好奇和憧憬的一群完全没有社会经验的女中学生，对自己不了解的事物都感觉新奇充满兴趣，放学后相约到同学的咖啡店进行调研。全体女生坐下来不叫茶不叫咖啡，围成一桌开始低声叽叽喳喳。左边喝咖啡的那个身形壮硕大眼高鼻子海员来自哪个国家？半倚在躺椅抽烟的单眼皮金头发修长精瘦的那个又是从哪儿来？前面抬头看天空的光头洋人，下巴上的胡子茂盛得一副乱草样，应当是哪个欧洲小国的人吧？她家店里有西洋人和东洋人，凡有轮船靠岸，店里满满是人。有些人一喝酒便唱歌，听不出是什么国家的语言，沙哑歌声里回荡的旋律浮游着深深的哀伤。为何悲伤呢？年轻女生并没细细思量。天真无邪的思想像叫来的热牛奶一样白，不透明却异常单纯的白颜色。一心向往要去过流浪漂泊游荡日子，居无定所本来应该值得同情，可是幻想中的流浪却是红酒的颜色和味道，看着绚丽品着香醇，明知会醉也拼命追求。女生们羡慕的目光仰望，想从他们嘴里认识外面的世界有多逍遥多自在。

在没有多少人有机会搭乘飞机的年代，世

界无限精彩无限大。

海员到底是干什么的？同学中没人知道。只晓得他们长年到处漂荡，漂泊旅寄是美丽的梦。在一个又一个陌生的码头留下浅浅足迹，有的地方甚至只去一次，从此不踏足，有什么关系呢？起码去过了呀！他们的自由是我们想要拥有的。缺乏书刊缺少资讯，所有的国家都在非常遥远的地方，只能想象。好几个水手聊天时，说走过那么多城市，“最喜欢槟城，最喜欢爱情巷”。

短短几百米的小巷子，不长的街道两边房子像在主办文创比赛。一家文艺范儿的民宿客栈，后面一间更似住家的艺术画廊，右边香气四溢的咖啡馆，左边弥漫着悠闲自在气氛的酒吧。西餐厅多不胜数，旅人来到，只是经过，但在经过时，忍不住在街边坐下，唤一杯黑咖啡，叫一壶西洋红茶加蜜糖，再来一套鸡蛋熏肉起司三明治，饮咖啡、啜红茶，嚼一口三明治，一边和旁边桌的其他游客说几句话，一边看周边的风景。

本来全是残旧破损荒无人烟的老屋，繁

茂绿树在断瓦屋顶和残垣门窗找到小小的位子便发奋精进拼命生长，鸟儿在树上纷纷结窠。2008 年槟城乔治市申遗成功，失修的空置百年老屋突然红火，眼光独到的商人抢着收购，重新装修，化腐朽为神奇，逐渐恢复原貌。有的装修师父刻意保留部分斑驳陆离墙面，让人看见岁月是肆意涂抹的画家，画着历史更迭的千疮百孔图样。

寻幽探秘的旅人见到饱经风霜的沧桑景物便充满惊喜，把既古旧又新意的背景拍照带回去。来的人总是要走，既然无法留住，就把美好记忆和留恋不舍的心留在这里吧。

留在这里的还有一间鲁班庙。公元前 507 年出生的鲁班，是孔子门人子夏的学生端木的学生，他跟端木老师学成后，便学祖师爷孔子周游列国，希望王侯们放弃纷争，尊重周天子，然而他的命运也和孔子一样，跑来跑去没有一个王侯要接受他的意见。失望的鲁班归隐泰山南麓十三年后，遇到雕镂刻画专家鲍老师，鲍老师把自己的看家本领倾筐倒皮传授鲁班，鲁班终于成为古代最卓越的“土木工程师”，也成为建筑行业的祖师爷。相信鲁班先师做梦也想不到，距离千年时间，距离中国千山万水的小小槟岛，居然有一间供奉鲁班先师的“鲁班行”。

很多走进爱情巷的旅人并没有注意“鲁班行”，因为和爱情无关。然而原籍福建泉州惠安的父亲从事着和许多南来惠安人同样的建筑行业。父亲称巧圣先师鲁班为“鲁班公”，每年都到“鲁班行”拜拜，为鲁班公庆祝生日。

鲁班的故事不浪漫，跟爱情巷对不上号。爱情巷尾端右转，见一路牌名“色兰乳巷”，当年富有的中国商人，把情妇隐藏在爱情巷支巷，所以便叫“色兰乳巷”。这“所以”是中国人看着字面传说，土生土长槟城人一看就明白什么叫“色兰乳”。“色兰乳”是闽南语的音译，是指欧洲人（当年来殖民马六甲的葡萄牙人）和本地土著（通常是马来人）结婚后生下的混血儿。和华人同本地土著结婚后生下的孩子，女的叫娘惹，男的叫峇峇一样，“色兰乳”也是一种独特的种族。这条“色兰乳巷”与“色”和“乳”无关，只因为是色兰乳人当年聚居的地方。

父亲的朋友，曾任槟城水务局局长的拿督斯里李尧庆博士告诉我，巷子有间老屋，是当年伍连德医生的住所。谁是伍连德？福建教育出版社在 2011 年出版过一本《国士无双伍连德》，获第二届中华优秀出版物奖。上网搜索记载如下："在中国近代史上，曾有一位科学家获得诺贝尔生理学或医学奖提名，他就是被誉为'鼠疫专家'的中国检疫和防疫事业先驱伍连德。"这位首位最靠近诺贝尔奖的华人，祖籍广东台山，1879 年 3 月 10 日出生在槟城，是著名华侨福州人黄乃裳的女婿。1903 年获得剑桥大学医生博士学位后，伍连德回到槟城办诊所。1910 年 12 月，东北爆发鼠疫，清朝任命伍连德为东三省防疫全权总医官，赴哈尔滨调查及开展防治工作。他在四个月内控制了疫情，并成立中国第一个鼠疫研究所，凭此功勋获清政府赏医科进士。后来他一直留在中国医学界服务，1946 年回到马来亚。1960 年 1 月 21 日，享年八十二岁的伍连德逝世。英国《泰晤士报》

发表评论:“他是一位伟大的人道主义斗士，没有比他留给世人的一切更值得我们引以为豪的了……”《英国医学周刊》的悼词称:“伍连德的逝世使医学界失去了一位传奇式的人物，他毕生为我们所做的一切，我们无以回报，我们永远感激他。”（两份报纸的资讯来自网络）

伍连德的爱情比任何人都伟大。他对全人类的爱足以让爱情巷闻名全球，但是没有多少人知道。当伍连德为人类付出的时候，他应该也没有在意人们是否对他感激。资料记录:“1990 年，中国微生物学会接到国际微生物学会联盟来信，查询其创始人之一伍连德的资料。时任中国微生物学会代秘书长的程光胜对伍连德一无所知，他查阅资料后发现伍连德已经很少在中文出版物中出现。”一直到 2003 年，“2003 年中国爆发‘非典’，公众关注烈性传染病。程光胜应《中国教育报》的邀请，撰写了介绍伍连德及其在东北防治鼠疫的文章。这是半个世纪来伍连德首次在大众媒体上出现。此后，中国各界对伍连德的关注升温，伍连德的知名度逐渐上升，对伍连德的纪念也在各地出现”。

很多槟城人没听过伍连德，这无损伍连德的丰功伟绩。可是，知道的人感谢伍连德让槟城人脸上有光。

爱情巷的大小爱情故事还有很多，如果想听，就先走进爱情巷看一看吧。

爱情巷成世界著名景点，成所有旅人都想要走一走的地方，应该不只想把自己变成风景的一部分，更想要的是，让大家实现一份在心中浮游回荡的梦想：“到爱情巷遇到爱情。”

半段牛干冬

晚餐约在小印度。

事情办好出来才下午五点半，抬头看见对面四层楼高的“福州会馆”匾额，由林森题字。第一次看到这平稳端正的字体时曾经特别去询问福州会馆的领导，可惜他们对题字者一无所知。唯靠自己揣测：题字者应是福建闽侯人，字子超，号长仁，1931 年接替蒋介石担任国民政府主席的林森。

关于林森的两件事印象特别深刻：“1931 年 12 月 23 日，国民党元老林森接替因‘九一八’事变而下野的蒋介石任国民政府主席。在那之前，蒋先将主席一职改为虚职，不负实际责任。林森在职的十二年，官邸简陋如普通民居，甚至没卫生设备。每天身着长袍马褂，布鞋布袜，持手杖步行上班。但林森并非无所作为，他在‘一·二八’淞沪抗战后主持召开国难会议，强烈抗议日本承认‘伪满洲国’。”另一件事是“任主席时，政府每个月送他‘廉敬’两万元。林森妻子早逝，没儿女，没别的嗜好，只爱收藏字画。每月这两万元就用来购买字画”。听说重庆大学 A 区的正门校名也是他题的字。成立于 1927 年 11 月 7 日的马来西亚槟城福州会馆，当时由福州人回国请福州籍名人题字的可能性极大。福州人林森还是福州籍中官阶最高的。

国民政府主席林森每天步行上班。我想起南京大学教授到槟城授课时，每天走路到海边散步。

“走路？”听见和教授们吃饭的槟城人用高分贝的声音喊出来，就明白槟城人极少走路。

平日在槟城开车，泊车之地尽可能靠得最近，最好就在门口。没人听说走路可以走到某个地方去的。2017 年槟城文学采风，来自欧洲的几个作家提早抵达，在酒店大堂遇到他们，“我们去老城看壁画”。看起来一身汗的他们神情自若。“你们自己去？怎么去？”“走路呀！”

位于马来西亚西北部的槟城，岛屿面积 285 平方公里，来自欧洲的作家们，从新关仔角的海边酒店走到旧关仔角海边，想起来不过就一条直路，他们说路途不远，也可以明白。

“体验一个城市最好的方式就是走路。”老木和朱校廷老师不约而同说，满脸笑容，非常满意他们自己安排的自助行的样子。

今天晚餐约会是七点，看一下手表，我决定仿效学者和作家们，在这个下午，以脚丈量乔治市老城其中一条街。

下午的阳光在街道上划出不整齐的光影，自鸭加路穿过大街槟榔路，脚步向牛干冬街走去。

槟城街名的特色，作为旅人很难明白。为什么叫牛干冬街？因为当年不懂英文的南来华人，将这条街的特色叫成街名。当年以牛载水，就是俗语的“牛车水”，这条街有个牛棚，牛即是“牛”，“干冬”是马来文牛棚的意思。一个华文字加一个马来文字，街名因此变成“牛干冬”，槟城人叫得很自在，外国朋友一头雾水。

过马路时诧异街头中东伊斯兰教徒老板两间相连的民族服装店，罕有地关门不做生意。假日通常生意比平常更兴旺的呀！用手机网络搜索，原来今日为哈芝节假期。曾到穆罕默德出生地麦加朝圣回来的教徒统称哈芝。哈芝节为庆祝朝圣者归来而设。当天伊斯兰教徒到伊斯兰教堂全天祷告，上午祷告会结束，便举行仪式屠宰羊只，把肉分发给祭拜者和穷人。

对面店铺柱子上镌刻着早期书法家崔大地以稳健的魏碑风格写的“仰生皮料行”，中学时看到，不明白皮料行做什么生意，至今仍不晓得，今日皮料行只剩招牌，现在营业的是精品酒店。听说皮料行当年的老店主是抗日分子。几次接触皮料行的后代尝试打听，他们说不出所以然，知我画画，反而转话题说他们家当年收藏许多名家字画。哪年哪月徐悲鸿、张大千等画家来过，槟城很早期就有许多艺术品收藏家。抗日分子的谜底一直没揭开，前两年在槟州大会堂，心情激动而哀伤地等待着《南洋机工——永远的丰碑》舞台剧演出，台上开幕人致辞时泪流满脸，声音哽咽，有人说她是“仰生皮料行”当年老店主的亲属。南洋机工的故事是南洋华人心中永远的痛，写起来可能数万字也没法抒发。在家闲聊时提起南洋华人对祖籍国的爱，就连已是南来第四代的女儿，也动容垂泪。

回过神来，杭州旅社大片玻璃上贴着今日菜单。中国人来到看见杭州旅社，一定无比亲切，不过，杭州旅社卖的食物侧重西餐，菜单以英文书写，包括各种三明治、意大利面、不同调味料的炸鸡排、炸鱼柳、炸薯条、炒饭，还有饮料如咖啡、奶茶、果汁等等。价格并不昂贵，应是方便背包客填肚子。槟城至今仍有许多良心店，叫身为槟城人的我们与有荣焉。西餐向来非我第一选择，尽管对中国名字的旅社售卖西餐很好奇。女儿几次约我品尝，甚至告诉我她调查过，这旅社也卖扬州炒饭，但我尚未有时间试吃。杭州旅社在槟城，不只槟城人奇怪，1939年郁达夫到槟城出席《星槟日报》创刊发行活动，留宿此店，颇有所感，写了一首“故园归去已无家，传舍名留炎海涯。一夜乡愁消未得，隔窗听唱后庭花”！这首七言绝句的题目有个小序——“抵槟城后，见有饭店名‘杭州’者，乡思萦怀，夜不成寐，窗外舞乐不绝。用谢枋得《武夷山中》诗韵，吟成一绝”。那年的“杭州饭店”应该有中餐吧。

脚步很自然跟着周围的老房子回到从前人走路的速度，慢悠悠地。南海会馆的铁花大门锁上，前几年看到在庭院内左右两丛挺直往上长的红棕榈不见了。隔着铁花看这门口窄隘，属于深长形建筑的双层楼高的会馆，规模不大，几年前无意中被邀进去参观，才知一进又一落的有三四百尺深。创立于清道光八年（1828 年）的南海会馆，《南海市外事侨务志》记载是由南海籍华人成立的历史最悠久的传统宗乡社团。槟城有超过五百个华人乡团会馆，南海会馆不算出名，但在中国近代史上，著名的南海人有功夫高手黄飞鸿、宋美龄的中国画老师也是著名水墨画家黄君璧、近代女革命家何香凝等，光绪进士康有为曾来过槟城，相信是在 1898 年百日维新失败后逃亡马来亚期间。不知南海会馆那时有无接待过这位保皇派的“戊戌变法”运动领导人？另外还有一个不晓得多少人认识的南海人，名叫余东雄，出生于马来西亚霹雳州务边，为黄花岗七十二烈士最年轻的牺牲者，年仅十八岁。1911 年 3 月他瞒着母亲参加革命，出门前已写好遗书，抱着必死的决心到中国。我不是南海人，却是一个母亲，每次提起就心酸，这个叫人佩服的年轻人。

对面一个大招牌“1945”吸引我过去，旧屋新修的餐厅，以英文打着“满足你所有的感觉”广告语，是家餐厅，附酒吧和现场音乐表演，人不多，可能未到吃饭喝酒时间。没进去参观，我更有兴趣的是隔邻印度老人开着两间店面的二手书店。书架上有标签注明各种不同语种的二手书，德文、西班牙文、法文、荷兰文、捷克文、丹麦文、瑞典文、日文等真是齐全，就是没有我要的中文书。中学时期天天在印度人开的二手书店流连忘返。离开之前，我问收银机前的印度老人，这里没中文书吗？他摇头，想了一下，站起来到角落边，踮脚伸手到书架最高处，拿出一本书。只有这个，他说。是《孙中山传》，和家里同样的版本。轮到我摇头。

来到五福书院，总是要驻足探看。书院大门永远敞开。书院创立于1819年，为马来西亚教育历史上首间华文私塾。五福书院在中国是广府人聚会及上京赴考人士的落脚处。五福意思是“一寿、二富、三康宁、四修好德、五考终命”。初建名“五福堂”，是广州府十二县同乡联谊会馆和宗祠，后来为广府十二县子女提供教育，改为书院。1895年旧书院被当时地主海山帮的领导郑景贵索回，修建成自己的家塾，即今日“慎之家塾”（已改成侨生博物馆——又称娘惹峇峇博物馆）。郑捐献一块位于牛干冬的地皮，借贷一笔巨款，自己任总理主持新书院的建筑工程，书院在1898年落成。创办五福书院的是郑的对头义兴帮派，这是否说明不管在哪个帮派，华人最为重视的还是教育。古色古香的五福书院是岭南式传统街屋的单层建筑，雕花门柱，左右挂两个灯笼，门口对联书着“落叶归根方能枝叶延绵，饮水思源才能源远流长”。外面大门横幅则以白底红字写中文“五福堂”“广州府会馆”，并有英文和马来文翻译，明显揭示这是一栋集合书院、宗祠与会馆于一身的建筑。

一栋具有一百六十多年历史的老建筑，有着富丽堂皇的中式传统斗拱和屋檐的燕京旅社大门立在对面。1850 年的原屋主是一个印度伊斯兰教徒，旅社 19 世纪末期由一个广东帮会接收，作为男人聚会场所，仍保留原有的英国特色及印度穆斯林的强烈色彩和窗框花纹等，续修建时又增添中式建筑风格，变成今天的英国、伊斯兰和中式融合之后展现南洋特色的建筑。旅社旁边的餐厅为海南与娘惹式菜肴，具有南洋特色的餐厅在槟城不少见，这家修复得叫人心动的旅社，我到餐厅吃过饭后，获得部分幻想破灭的惆怅。

反而是旅社旁边不远的槐记茶室（楼上原为青天旅社）是槟城人的最爱，每一次来光顾都没空位，永远需要等待，但无论多久，排长队的人群毫不介意。槐记鸡饭除了白斩鸡、烧肉、叉烧、烧肠，还有青菜和汤。非常周到的老板，把人一餐需要的肉和菜及汤的营养同时奉上。价格便宜得叫人无法相信。一次遇街头表演洋人在槐记旁卖唱，结账时找回五块钱，我跟老板说给那个卖唱的歌者，老板说你上回给过了，不用再给。想起女儿当年在英国清苦的学生生涯，我还是把钱放下。转头看见后面那家门口对着停车场大路，已有六十年历史的“莫定标”娘惹糕店。槟城娘惹糕的美味名闻全马，你到槟城，没吃过娘惹糕，等于白来。

20 世纪 30 年代末 40 年代初，徐悲鸿到槟城来为抗日筹款，曾和一邓姓女士在极乐寺以佛教仪式定亲，邓家从事娘惹糕制作。后来，太平洋战争爆发，徐悲鸿回到中国桂林后写了一封解除婚约的信，婚事最终告吹。朋友说我是槟城人，不如去寻觅这段爱情故事讲来听听。单是听几句，叫人惆怅。老人家开口说几句之后，不愿意再继续，改成嘱咐：当年人们思想保守，后来邓女士另嫁，但她与家人皆不愿提起这桩往事。徐悲鸿是名人，故事可能精彩，不过，当事人既然有所避忌，闲人应给予尊重。每回拿起一块色香味俱全的娘惹糕，心都有所触动。

1971年始建的番禺会馆比南海会馆更小，竟是胡汉民题字。哪个胡汉民？我计来算去，根本不可能。本名衍鸿，字展堂，自称汉民，不做清朝臣民之意的番禺人，是国民党前期的右派代表人物之一。这位辛亥革命后任广东都督、南京临时政府秘书长的胡汉民，据说曾到槟城，当时住在槟城的张裕葡萄酒创办人张弼士的豪宅“蓝屋”，而张弼士暗中资助孙中山革命的三十万两白银，就是托胡汉民转去的。但那位胡汉民是1879年出生，1936年去世，怎么可能在1971年还为槟城番禺会馆题字呢？原来1879年胡汉民出世时，新加坡番禺会馆正好创立，1921年胡汉民赠送新加坡番禺会馆的墨宝就是“番禺会馆”四字。后来马六甲、吉隆坡、怡保和槟城的番禺会馆，都复制了相同的一块匾额。要知道胡汉民是民国四大书法家之一呀！原本在新加坡的那幅真迹，岁月流转间已下落不明。海外华人比较熟悉的番禺名人是“黄河大合唱”的作曲家冼星海、甲午风云核心人物邓世昌等。

往前是旅客看见便心里落实且温暖的7–11，旁边为所有来过的游客不会忘记的爱情巷。爱情巷72号是马来西亚时中学校，1935年诺贝尔医学奖候选人伍连德就曾在这里劝诫大家不要抽烟。1879年3月出生于槟城的伍连德，是第一个获得剑桥大学医学博士的华裔。1904年他回到家乡槟城行医，积极参与华社服务，致力社会改革，主张男子剪发辫，提倡女子受教育等。为抵制鸦片，他在爱情巷72号成立戒烟社，得罪英国政府与鸦片商人，遭受陷害，行医资格被取消。1907年袁世凯邀请他出任天津陆军医学院副院长，1908年上任，在中国行医将近三十年才回来。1910年东北鼠疫大流行，他投身抗疫防治，成功消灭鼠疫名闻世界，是华人之中最靠近诺贝尔奖的第一人。

爱情巷口这一段路，越夜越精神，打破了“槟城没有夜生活”的传说，槟城著名的小食几乎全集中在这儿。此时灯光未亮，游人不多，街道静悄悄，是当地槟城人希望见到的景象。不要太多精品酒店、不要太多小酒吧、不要太多洋咖啡馆，希望原来的居民仍留住，缓缓地过着槟城人最爱的缓慢悠闲生活。盼愿环境干净食物美味，但不要把一切搞得过于工整，如果和其他地方的老城一模一样，自我感觉和世界同步，那还有个性和特色吗？许多槟城人都有同样的期待，不要那么快改变老城的老好模样。

没有多少人注意小贩中心附近的伊斯兰教文化中心，反而位于背后的甲必丹吉宁清真寺是游客必到的打卡地点。该寺始建于1801年，1926年时由伊斯兰教和印度教教徒出钱，并聘请来自印度的建筑师修建，包括建材也从印度进口，建筑风格因此添增摩尔色彩，清真寺名“甲必丹吉宁”。甲必丹是领袖之意，吉宁是印度东部的一个王朝，槟城华人叫印度人为吉宁仔，相信源自这里。女儿小时候，我给她们讲过一个关于卡陵迦王朝的传说。从前来自东印度卡陵迦（吉宁）的苏兰皇帝打算攻打中国，消息传到中国后，中国派一艘船载了一群老兵到卡陵迦，告诉苏兰皇帝说，你要去攻打中国吗？我们是从中国来的，出发时是年轻人，走到老年才抵达你们这儿呢！爱好和平的中国人，以智慧化解战争的故事真精彩。

伊斯兰教文化中心有时主办画展，却不是伊斯兰教徒艺术家才有机会办展。我曾经来看过一个不同民族、不同媒介的艺术创作联展，艺术家包括马来人、华人和印度人。

站在十字路口的交通灯前，仰头看高达四层楼的余仁生大楼。槟城每一个华人家庭的小孩和妇人都吃过余仁生保婴丹和白凤丸。余仁生还是香港十大名牌之一。创办人余广培为广东南海人，他的儿子余东璇和黄花岗七十二烈士之一的余东雄是堂兄弟。保皇派的余东璇和余东雄非同路人，而余东雄的父亲，也就是余东璇的叔父，还是余东璇的杀母仇人，但在年轻的余东雄为革命壮烈牺牲后，余东璇承担起照顾堂弟家属的义务。余东璇一生的故事比电影还动人，1941 年这位亚洲巨富去世，会计师花了五十年时间才将他的财产理清。余仁生中药店以品质和信誉服众，价格虽比其他品牌高昂，消费者仍愿意付出，对它的产品充满信心。

当我望向对面另外半段牛干冬街要过去时，手机响起来，约会的人已经抵达，“我在小印度的北印度餐厅门口”。小印度就在牛干冬街的下半段，那又是另一种风情，让我先吃过晚餐再说吧。

心里的保险箱

和从槟城移居澳洲的中学同学相约见面，喝咖啡的时候她说，这回特地为了处理早年她妈妈和她联名租借的保险箱回返家乡。

虽是多年老同学，我却没冒昧提问，唐突会令人感觉尴尬。很早我就知道她家非常有钱，却不晓得有钱的程度达到何等地步。中学时代，也是20世纪70年代，槟城没有多少人家里有私家车，而她，刚刚到可以开车的年龄，不只学了开车，拿到驾照后，每天自己驾车去学校。

按这样看，她妈妈和她联名租借保险箱来收藏金银珠宝，也不叫稀奇。

像我这种搭巴士上学的人，到了20世纪90年代也到银行租借过一个保险箱。大家就别问我装的是什么珍贵物品了。我不好意思说。那些杂七杂八的东西，却一直没觉得羞涩，到疫情前不久，一次去银行保险箱拿一需要物品，遇到槟城其中一个大富豪。他也排队要进入保险箱的房间，我们在等待时，他压低声音问：是不是拿钻石出来穿戴呀？我亦是要给老婆拿条链子，今天晚上她要出席我们会堂的晚宴呢！

因为这一个问题开始思考，到底我会不会计算呢？每年花一笔费用交给银行，租一个保险箱，里边既没黄金也没钻石，那么，为什么我要花这个钱？

与此同时有大发现，原来各人心里有各自的珍爱之物。

嘲笑自己过后，退了保险箱，从此每年不必再缴交租金。

聊天时把这故事告诉一起喝茶的年轻小友，她的保险箱故事比我的精彩多了。

有家银行在搬迁时，需要把顾客的保险箱也一起搬到新大厦，年轻小友正好负责该事项，他说有好些保险箱，经年累月的没人理会，他们通过当年留下的联系号码和地址，也无法找到“箱主”，所以只好打开来处理。为了“保险”，银行向大型并且有“年岁”的老牌律师事务所请求，派律师过来当“开箱证人”。

当年轻小友“有幸”面对许多“老保险箱”内的物品时，她说真的是“目瞪口呆”。幻想中那些在寻宝影片里耀眼夺目闪闪发亮的“金银珠宝”画面，在现实中完全没有出现。那么，存在大小不同保险箱里头的宝物是什么呢？

事情过去那么久了，她仍然如数家珍，记得非常清楚：旧衣物、旧照片、旧报纸，发黄的信件，应该是过期的文件，还包括电脑出现前的股票单据，这些都已经够奇特了，居然还有婴儿鞋一双，指甲剪、掏耳朵的挖耳勺，名片一大叠，还有孔雀羽毛（这应该是属于印度人的，印度人对于孔雀尾巴的彩色羽毛有偏好）。终于看到有红包了，特别兴奋，她想可能是美元？英镑？做梦也想不到，是那个来见证的律师说出来她才晓得：从红包拉出来的，是新生婴儿出世的脐带，已经干枯的。钱，也有的，是日本占领期间发行的香蕉钞票。据说现在成了古董，比当时的币值更加值钱。

我笑对小友说，每个保险箱里都有一篇小说等待书写。

许多人往往幻想收藏在保险箱的物品，会是这个，或是那个，想象中全是值钱的贵重东西。真有机会目睹时，才叫“大开眼界”。

这简直是篇让人印象深刻的微型小说，最后给大家一个出人意表的结局。

当我退掉了我的保险箱时，却生出了对保险箱的好奇，后来在网上看到“286 号保险箱”的故事，忍不住要分享。

上海汉口路的中南银行，于 1952 年变公私合营银行，至 1955 年，因地下金库另作他用，银行先在报纸上刊登启事，同时发出专函通知用户。若逾期不来，银行会请公证处例行公证协同破箱。

清理过程中，有一个 286 号保险箱，租户姓名“陈仲香”，自 1939 年到期已欠租十六年。银行请示部门后破箱一看，内有私人信函、文件、稿件，还有毛泽东、朱德等领导人照片十二张，银圆一百五十五枚，少量双毫银角。

由于从信函看到何香凝的名字，银行于是致函何香凝本人核对情况。

已经77岁的老人回信如下：“我确以陈仲香名义开用保险箱一个，但至今年月已久，保险箱号码凭证及图章等物，亦于战乱一应散失无遗，是以长时期来未能办理认领手续。现经贵行查明清理，得以收回文件、照片等纪念物品，以为喜慰，关于所欠各项手续费及租金自应悉数清缴，该款请将原存保险箱内的银圆及双毫兑换为人民币缴纳，余款文件照片等物，即委托贵行转托便人妥为带回北京，是所至幸。”真是值得信赖的保险箱呀！

茅盾的小说《子夜》，瞿秋白曾撰文评论：“这是中国第一部写实主义的成功的长篇小说。”“一九三三年在将来的文学史上，没有疑问的要记录《子夜》的出版。”

茅盾是于1931年10月开始动笔的，边写边交由商务印书馆的《小说月报》连载刊登，

1932 年上海爆发“一·二八”事变，日军狂轰滥炸，《子夜》手稿随着商务印书馆一起化为灰烬。幸好，送往商务印书馆发表的手稿是茅盾夫人孔德沚手抄副本，而茅盾亲手书写的原稿存放家中。1937 年抗战爆发，茅盾夫妇匆忙告别上海时，将手稿委托上海交通银行供职的二叔沈仲襄，沈仲襄将这本价值连城的原稿珍藏在交通银行保险箱里。

保险箱的可靠和可信，让这些珍贵的文件和史料及手稿没有在战乱频仍的年代里被毁损，真是万幸！

听同学回来处理保险箱的人有点吃惊。70 年代就已经离开槟城，住在澳洲少说也四五十年了，却还保留着当年在槟城银行的保险箱，可见保险箱内的物品一定非常稀罕独特。

不能说不好奇，然而，有些不应该问的事，无论感情多好，也不能随意追根究底。因为，每个人心里，其实，都有一个保险箱，收藏着不想要让人知道的秘密。让朋友保有个人隐私，友情才能长久。

遇见一把梳子

清晨的阳光从窗帘的隙缝间照进卧室，没有亮灯的室内略暗，却不影响大清早就起身的外婆梳妆。

山镇唯一一条大街的二层楼老店，楼下为商业店铺，楼上是睡觉的房间。老房子的楼梯陡得我每次到外婆家，最害怕的时间是清晨和夜晚。清早醒来要下楼，晚上睡觉要上楼。下楼总是背着身子下来，向前下楼很怕身子一倾，重心不稳一头栽下；爬上二楼睡觉，带着恐惧感慢慢一步一步向上登楼，勉强可以完成任务。

总被刺眼的阳光叫醒，张开眼睛便看见外婆在梳头。外婆平时头上梳髻，发髻放下来才发现外婆留着很长的黑头发。她用一把小小的梳子，一下一下慢慢地从头上梳到发尾，然后轻轻涂抹发油，将长长的发卷成一个髻，再用一个黑色的发网把头发束得紧紧地固定起来。

外婆的梳子很小，握着的时候就在掌心里，感觉她用手指在梳头，待梳好放下，椭圆形的梳子油亮亮地，在一个圆形的饼干盒子里发光。装在盒子里的全是外婆的梳妆用品，都是年龄太小的我叫不出来的东西，应该就是今天的化妆油、美容霜、粉饼类的美妆品。外婆照的镜子才是我最感兴趣的。梳妆台镜子一共分三面，中间和左右两边，所以照在镜子里的外婆有三个脸孔，镜子因此给我感觉很神奇。正面侧面，而且是左右两边不同的侧面，人的脸原来有多面。长大以后在社会行走，回忆外婆的梳妆台镜子，感触更深，但这个时候外婆和她的梳妆台却都已经不见了。

外婆绑小脚，后来到中国，朋友说，那你外婆家应该有点钱，当年必须家里有钱，女儿才有条件绑小脚，因为小脚女人没法干农活。小脚女子在南洋极少见，思来想去，就仅外婆一个。这也是为什么外婆在楼上梳妆。舅妈每天清早给外婆捧来一脸盆的温水。外婆洗好脸，梳好头发，开始把昨天晚上松开来的缠脚布，一层一层缠回去。我就傻瓜一样地坐在旁边细细看。外婆极少与我们言语。她静静梳妆，我静静看。小脚的外婆，每天是怎么样上下那样既陡又窄狭的梯级的？印象中总有表兄弟姐妹在扶着她。今天的人无法想象，女人梳妆还包括缠脚。那个时候的我也极少见，便记得非常清楚。

但我要说的是梳子。

外婆的梳子究竟是什么材质的呢？塑料？应该不是，当年还没走到塑料时代。按时代背景，那可能是木制梳子。

我现在用的木制梳子是中国朋友送的，那个比我年轻很多的男的朋友，不是男朋友。一把木梳子，包装得美轮美奂，打开盒子，不见梳子，它收在色彩偏优雅的灰蓝绘花布袋，盒里附一纸印刷精美说明书。我没问价钱，这对送礼的人没礼貌，但看外表便知价格不菲。外头里边都印着自称为“木匠”的生产商，真有意思。虽然名字叫“匠”，但这木梳子，无论手工或品质，风格简朴自然，是包装令它变成奢华一派。

有人告诉我，这一把梳子恐怕要几百块钱。明知不会便宜，然而，几百元的叫价令我大吃一惊。我生出一种舍不得用的心态。从贫瘠年代过来的人，对于昂贵的物品往往格外珍惜，用收藏来表示宝爱。结果获得年轻小友嘲笑，收起来等于浪费送礼人的心意。况且，小友的理由非常动听：你就是值得用这么昂贵的东西，人家才会送你。

居然是从一把梳子，看见自己的价值。哈哈，我不禁笑出声来。

这把梳子来到我家之前，我从不用梳子。一头又密又多的头发也许有人羡慕，个人觉得烦恼，主要还是因为发质是卷曲的。都说天生卷发的人脾气特别倔强。这点不是文章主题不多啰唆。特别懊恼的时光是中学时期，那卷卷的发不能像琼瑶女主角——我不知原因总认定气质秀雅跟一头直直平平的头发有关。上课时候，时常找机会到洗手间去用水把头发压得平平扁扁。不听话的卷发在水干了之后，重新乱卷。一直乱卷到五十岁，我决定放弃和卷发对抗，它爱卷就让它卷到底，直接跑去电头发。直发不需要梳子，电了头发更不需要。一回开会和菲律宾女作家同房，她每晚临睡前梳头三千下。我愣愣地看她一下一下细数三千下，本来在打瞌睡的眼睛也睁大了。她说是她祖母教她的。她祖母一直到老还有一头美丽的黑油亮长发，她把手机里黑亮发的祖母照片打开给我看，和她的头发一样。这每晚三千下的梳头广告效果确实很有说服力。但我那时头发也是黑油亮的，虽然从来不曾每晚梳头三千下。

动手写梳子，是因为不久前在泉州浔埔大街一家勇跃金饰店，遇见一把梳子。

浔埔，对我而言一直是在文章里的一个地名。格外注意是因浔埔女的打扮。凡外地人，莫不为浔埔女的衣着惊讶，资料上写着“立领、斜襟、右衽、盘扣、弧形下摆”，这说的是当地人称大裾衫的短上衣，配搭长到足踝的黑色阔脚裤。翻阅杂志照片时，我的惊讶和别人不同，浔埔女的穿着怎么会和我祖母及外婆生前的衣着一模一样？童年时期，我以为每个人的祖母 / 外婆都这打扮，长大以后到同学家玩，才发现别人家的祖母 / 外婆着装不同。

我的祖母和外婆都是惠安女。后来我到惠安，发现惠安女果然和祖母 / 外婆身上穿的一个样。只不过，惠安女还戴着花布包的斗笠，有些在斗笠上插满五彩鲜花或塑料花，鲜艳夺目，那是住在南洋的祖母 / 外婆缺少的。

站在浔埔大街上，我发现浔埔女头上比惠安女更耀眼，几乎所有女人，都把头发绾成圆髻，然后围上七彩小花串成的“簪花围”，中间还插一根象牙色或红色筷子作发簪，有些嫌“簪花围”仍不足表现，直接插簇簇绢花，或香味鲜花，浔埔女头上因此开出一片姹紫嫣红。

经过金店时，摆在橱窗里几个缤纷艳丽的“簪花围”充满诱惑，我停下脚步观看，带我来的同安人陈晓映直截了当唤我一起走进去探询。金店主人特别带我看一把梳子。家中女儿一出生，先给她买个玳瑁梳子。“玳瑁”是我小学时期读书时候出现一次，过后从此隐没的名词，是和海龟同类的海底动物。我完全没有想过它的龟壳可用来制作梳子。我皮包里那把“匠”字品牌的木梳子那么贵，这玳瑁梳子更加稀罕，一个多少钱呢？好奇心立马获得答案：小小的一个要一两千元。店主王先生说等到女儿长大出嫁前，把这玳瑁梳子拿到金店镶上黄金，大约价值四千多元。女儿陪嫁，梳到百年过世后，传给下一代。所以，镶金的玳瑁梳子往往是传家之宝。

年轻时讲究简便，每天清早洗头，随便用手扫一扫，从不用吹风筒，让头发自然风干。永远不够用的所有的时间都用来读书，打扮化妆就一切从简吧。

当年我的手指就是我的梳子。

听王老板说，玳瑁梳子有活血等功效，用来梳头的女人都不见白发。转头往外一看，来来往往的浔埔女，不管年纪多大，都是一头黑油亮的头发呀，明知几千元买回青春是妄想，但很想买个玳瑁梳子回家。而且，如此少见的玳瑁梳子，淘宝淘不到吧？

在回忆里继续往更里边淘一下：有着一头黑头发的外婆放在盒子里发出油亮光彩的那一把梳子会不会是玳瑁梳子呢？淘不出答案。

清晨的阳光从窗帘的隙缝间照进卧室，没有亮灯的室内略暗，我睁大眼睛，外婆不在了。

外婆梳妆的姿态，一直留在我的记忆里。

雪花落在童话小镇

下午四点不算太迟，倘若人在热带南洋，这时间天还大亮呢！这里天暗得快，气温跟着天色逐渐下降，羽绒服的拉链已拉到贴近下巴，身体里头还穿着专门为这次听说会遇到零下温度的行程特别添购的贴身保暖衣，一天走下来，皮手套一直没敢脱掉，手指尖仍冰冷。为给自己加温添暖，我双手环抱胸前，在冷飕飕的风里前行。

目的地为车站。皮包里的手机突然震响，一看，是来自中国福州助理的电话，他要求拍个视频跟中国的朋友贺年。这提醒了在欧洲行走十几天的我，中国农历新年就在转角处，再过几天便到除夕团圆夜。

时光一刻不曾停留，年龄随着无情岁月增

长，只能要求思想不要停滞，努力让不断老去的仅只是年华。世界处于不间断的日新月异之中，幸运地来到网络时代，每一天都有各类陌生的挑战等待克服，不允许一丝懈怠。作为艺术创作者，最是在意落后，那是老土过时的代名词。如果对新事物经常保持戒备心理，不思跟上，不求上进，将会在静默无声的时间里，不知不觉中掉队成为时代的落伍者。

原本为通信工具的手机，连接的从移动通信网络发展成无线网络，然后到互联网，再扩展成物联网，既是社交网络，同时也是电子商务帮手。一步一步把人推到“生活上各种必需，需要依靠手机和网络的配合，才更方便快捷去解决”的时代。

第一次接到录制视频的任务，是前一年四月中旬，拎着手机看到自己大吃一惊的脸孔和手足无措的神情，支支吾吾回不了话。面对以“抛头露面”来表现自己的一种陌生的崭新方式有点难以接受。那是四月二十二日，我需要为推展阅读的国际书香日读书会做一个活动广告。

深思熟虑后答应尝试。在坚守护持传统文化的同时，热爱生活的人不应自己躲藏在现代生活的门后。

推开车站大厅的玻璃门，走到户外，从高处往下眺望，拉丁文和德语中意为“高低不平的草地”的小镇，在闪耀着白色光影的冬日下午，不见青草地，纯净洁白的雪，遮盖了橘红色的屋瓦，挺直错落在房子和房子之间的是掉光叶子的褐色树木，中间杂着一座又一座高耸的绿色尖顶教堂。蜿蜒流淌的伏尔塔瓦河，静静地把小镇分成两半。这个位于南波希米亚的克鲁姆洛夫，1992 年被列入联合国教科文组织的世界文化与自然双重遗产，简称“CK”，至今保留着中世纪风貌的古城和文艺复兴式的城堡，被旅人赞颂为“全球最美童话小镇”，是捷克除首都布拉格之外最受欢迎的景点。

上午车行到半路，眼角感觉外头不停闪现白色光芒。大清早为争取时间一天来回，七点多自酒店门口搭公车赶到旅游巴士总站，赶搭九点首趟班车。上车发现，几乎所有游客找到自己的位子便进入睡眠状态，都是没睡够便出门的外游人。说捷克语的美女是车上工作人员，大巴刚开动，她说了一段话，大部分人不明白她提供的资讯，看手势揣测是要求搭客系上安全带。大约一百八十公里距离，车行时间两到三小时。座位前插份报纸，翻阅一下陌生的捷克文又放回去。座位背部的小电视可看戏，从不看电视的人不懂如何选台，乱按几下皆为讲捷克语的频道，只好放弃。鱼简从后边发短信说小电视可玩游戏。有史以来没玩过网络游戏的人不能管这叫好消息，索性选择放空自己闭目养神。

一家三口到捷克，是个意外旅程。受邀出席世界华文文学会议和2020年春晚诗歌朗诵会到布拉格的是两个人，正好在法国开会的鱼简听到父母会后打算逗留捷克自由行，决定提早结束会议从巴黎赶到捷克来结伴观光。

“上次到布拉格就爱上这地方，尤其童话小镇克鲁姆洛夫，我来客串导游吧。”

从酒店门口的巴士到观光大巴都是她在安

排。等待观光大巴时，鱼简说气象播报昨晚布拉格城里下雪，然而除了 3 度的气温让人感觉冷，周围不见一片雪花。原来皑皑白雪下在这里！我兴奋地拿起手机拍摄窗外铺盖一地的雪景。临时买的车票，三人的小团分乘三个不划在一起的座位，下车还没来得及说遇见雪景，就被眼前白雪飘飞的小镇惊艳得目瞪口呆。

若有似无的雪花轻轻洒下，心底的温柔浮升上来，都是照片拍不出来的美好，雪花那么小朵，那飘逸的姿态和热带的风铃花极其相似。风铃花开时，尚未凋谢的花不出一声从树上寂然飘下。一边绽放一边掉落一地，总叫人感慨，落下的是今天的花还是昨天的花？可能绽开不足一日，花便惘惘飘散了去。原来雪花亦如是，一边从天上飞飞扬扬，一边在地下悄悄融化。

爬着小坡往镇上走，结霜的地上滑不溜丢，不敢疾行。其实所有寻到此地的旅人，觅的正是缓慢闲走时光。没有设定非看不可的目的地是这次旅程的安排。

石砖铺成的路面稍带润湿，两旁古迹建筑

皆文化瑰宝，叫人着迷的是令人眼花缭乱的橱窗。岁月沉淀出一种沧桑的美，结合今天新颖的设计，融合出独特情调的风格小店、酒吧、餐厅、纪念品店、画廊和咖啡馆。上下坡的路不好走，倾斜的角度却让风景独好。

所有的得失都很公平。科技让生活节奏加快，匆促紧张的同时也带来方便快捷和灵活。

在捷克童话小镇的车站，用手机录影跟中国的朋友贺年。那个时候，我并不知道新冠肺炎病毒马上就要传遍全世界。我看着金黄阳光的余晖穿过灰暗的树林，努力散发即刻就要坠落的光芒。遥望前方，金色的晚霞在天际奋力发出最后的余光，雪花已停止飘落，冷风照样吹拂。

回家后不久，新冠肺炎毫不留情肆虐全球，花不少时间克服内心的焦虑惊恐，积极说服自己对人生仍要充满希望。看过雪花纷飞以后，下回应选一个春天，再到童话小镇观赏一地鲜花绽放的无穷魅力。

用马来西亚的天气来说爱你

炽烈的阳光并没有因为来了世界各国的作家，客气或礼貌些将温度稍微降低，让客人体会比较凉快的舒适气候，实现槟城主人的愿望。在大家边行走边聊天边抹汗的当儿，主人只好热情地笑着道歉："让我们用马来西亚的天气来说爱你。"这首由马来西亚著名才子报人张映坤作曲，激荡工作坊群组唱的歌，是我们自嘲马国高温天气时用的说辞，顺便推销一下马国的音乐界人才。午后气温徘徊在32℃至34℃之间，来自武汉的女作家说这哪算热呀？"武汉夏天最高气温达42℃。"作为主人时，极想把一切最好的都献给客人，明知天气非个人掌控范围，仍心生歉意。来自福州的朋友也同意说这不叫热，还有风吹呢！"福州夏天气温有时接近40℃！”贴心的体己话听着真安慰，感动不已的主人在燥热的风中感觉愉悦。

一群人下了旅游巴士，有人戴上帽子，有人打开阳伞，皆是游客行为和姿态，顶着暴晒大太阳勇往直前的是本地人。众人脚步随着笑意盎然的导游小谢朝向一百多年前来自中国的华人祖先最早聚集的地方行去。伫立在“姓周桥”的牌子前，小谢解说：“这里便是槟城著名的姓氏桥。”牌子是英文书写的“WELCOME TO CHEW JETTY”（欢迎来到姓周桥）。下边英文小字译成中文是“联合国教科文组织世界遗产地点”。

“姓氏桥”为乔治市热门观光景点之一，却不是一座桥。这里本来由九座不同的桥构成，分别为林、周、王、陈、杨、李等多个姓氏组成的杂姓桥，2008年乔治市申遗成功，原有的姓郭桥和平安桥已在发展的洪流下遭到拆毁。保留下来的七座桥，其中规模最大、最热闹、游客最多的是姓周桥。

顺着栈桥往前走，因是一条直桥，小谢不担心走散：“原路走去，原路返回。”作家们一听，即刻放心开始自由观光行动。有人拎出手机前后左右拍照，有人已去询问旅游纪念品的价格，购物亦是旅游乐趣之一。一女作家吃惊地说："两旁都是住家！"她刚刚发现这姓氏桥不是真正的桥，而是水上人家的出入通道。她指着桥底下贴满蚝壳的粗木桩，"这些历史悠久的木桩，竟然经得起海水的冲击浸泡而不会腐蚀损坏，真神奇！"桥面上铺设木板，桥两侧的住家亦为木板屋，也有后期修建的半砖半板屋。这桥大约有七十五户人家，都是 19 世纪中期，来自中国福建省泉州同安县①杏林社的周姓人家，同乡之谊使得所有房子的大门几乎都没上锁，甚至也不掩上，人人皆可自由出入。

槟城当年以港口贸易著名，南来的中国人不完全是经商者，他们到这来，若住到陆地上去，需缴交各种和房屋有关的税务，比如门牌税、水电费等等，身边只有饥饿相伴的贫穷移民，连吃饱穿暖都成问题，遑论住房。为了方

---

① 同安县：1973 年 9 月，同安县划属厦门市，1997 年撤县改区，今为厦门市同安区。

便互相济助，他们寻找同乡同姓人一起携手在海上建造房子。这其中大部分人靠捕鱼为业，另一部分从事港口驳运和海洋运输产业，皆属劳动阶级。由于无钱付给地税，只好在没电供水供的情况下居住。今天打开自来水喉，水就来了，按一下电掣，就有电流的年轻孩子，根本无法想象那种生活。只为喝一杯水，得先到陆地上别人家里购买自来水，自己担到家里的厨房煮开，才有开水喝。每天晚上都在无灯的夜里摸黑，倘若需要照明，用一种昏朦不明的火水灯，闽南语叫“臭土灯”，听着便晓得那灯的味道并不好闻，点燃时家里空气品质不免受影响，要不然就是一片黑暗。生活艰辛困苦，不同姓氏的桥却一座接一座出现，最后形成槟城海边一道独特的水上村落风景。

乔治市入遗后各国游客慕名前来，姓氏桥上人头拥挤，许多住家改成店铺，门口走道摆挂商品，并非昂贵名牌，多是旅游纪念品，比较有代表性的有小娘惹的磁铁、画着槟城街头《姐弟共骑》壁画的T恤和手袋、女装峇迪花纱笼和男装格子纱笼、各色花样的帽子和阳伞等等。

商业化的代价是纷扰喧嚣。有些人家的门口立着“不许打扰”的牌子。明知道向前走的岁月，无法让他们还原从前安宁静谧的平常生活，只盼游客自动自发别过度骚扰。听说有过于主动的游客，从住屋大门一路川行到后门，随意参观，自由拍摄，且好奇地打开人家厨房餐桌上的菜罩，查看今日午餐吃剩什么东西。

“禁止擅入”的牌子旁边，坐着笑眯眯的老妇人（当我们当她是风景的时候，她也当我们是风景呀！）态度亲切以闽南话问：“要不要进来喝茶？”多好的问题呀！作为槟城主人的人马上感觉脸上有光，嗓子提高两度：“我们槟城人很好客的！”美国作家立马点头：“我同意。”随即笑着对槟城年轻人说：“我们这两天就很深刻地体会到槟城人的热情。”

老妇没有因为我们的拒绝而不满，继续邀请：“要不要进来坐坐呀？”有人也许误会她热情的邀请里蕴含别的意图。其实槟城人的待客之道向来如此亲切。“可是我们时间不够，下次吧。”我说。老妇对我们摆摆手：“记得呀，下次来。”

来参与槟城采风活动的世界各地华文作家共三十个，有些是首次走进槟城乔治市，也有来过多次，仍然喜欢并想要再来看槟城的朋友。他们对姓氏桥的景观不只好奇，更多的是关心，因为这里是南来华人的第一站。也因怀旧情意结，平日一有时间，常常到姓氏桥走动，那些悠闲地坐在桥头桥尾庙宇的老人家，安详地阅报、看电视、聊天、喝茶或咖啡并吃点心，可惜周遭环境肮脏杂乱。后来阿牛导演，演员李心洁、戴佩妮、梁静茹、曹格等的影片《初恋红豆冰》，在姓周桥拍摄场景。过后姓氏桥办了几次艺术创作坊，不能说居民从此对艺术有认识，然而，姓氏桥住户逐步在改变生活习惯。门前门后，木桥栈道旁栽种许多缤纷花树，居民不再随手胡乱丢掷垃圾，环境干净美观之外，桥上尚有手写的色彩丰富指示牌：旅馆、杂货店、庙宇、海鲜餐厅、美发院等，且画上箭号，方便游客观光路向。

姓氏桥出来，骄阳仍似火，作家们毫无怨言，在车上大力赞赏风景和人情之美，可惜我不会唱歌，要不然，真想一路上给大家唱首：“我太爱这片土地，当然也爱上了它的天气，让我用马来西亚的天气来说爱你。”我们的热情就像我们的天气，热，可是叫人难忘。